# OBSERVATIONS
## CRITIQUES
### POUR SERVIR A L'HISTOIRE
### DE LA LITTÉRATURE DU 19me SIÈCLE.

*On trouve chez le même Libraire :*

De l'Influence des Femmes sur la Littérature française, comme protectrices des lettres et comme auteurs, par Madame de Genlis, 1 vol. in-8°.

Et la collection de ses Œuvres.

# OBSERVATIONS CRITIQUES

## POUR SERVIR A L'HISTOIRE DE LA LITTÉRATURE DU 19me SIÈCLE;

## OU RÉPONSE

DE Mme DE GENLIS à M. T. et NL., etc. sur les critiques de son dernier ouvrage intitulé: DE L'INFLUENCE DES FEMMES SUR LA LITTÉRATURE FRANÇAISE, COMME PROTECTRICES DES LETTRES ET COMME AUTEURS.

> On doit des égards aux vivans, on ne doit aux morts que la vérité.
>
> VOLTAIRE, *épig. de la Biog. univ.* etc.

---

A PARIS,
CHEZ MARADAN, LIBRAIRE,
RUE DES GRANDS-AUGUSTINS, N°. 9.
1811.

# OBSERVATIONS CRITIQUES

## POUR SERVIR A L'HISTOIRE DE LA LITTÉRATURE DU 19me SIÈCLE.

---

POUR oser parler de soi au public, il faut y être déterminée, non par des motifs d'amour-propre, mais par un sentiment d'honneur. Depuis mon retour en France, j'ai supporté sans me plaindre, de la part de certains journalistes, beaucoup d'injustices, et même de personnalités; j'étois accoutumée aux comptes infidèles rendus de mes ouvrages, aux critiques indirectes, comme par exemple les déclamations sans cesse renouvelées contre les *Romans Historiques*, et enfin, à toute la malveillance que des journalistes, sans faire de grands frais d'imagination, peuvent montrer tous les matins dans des feuilles périodiques, où l'on ne cherche ni *un à propos* bien saisi, ni un jugement impartial, ni même aujourd'hui l'apparence adroite de l'équité.

Consolée par la constante indulgence du public, j'ai gardé sans effort le plus profond silence, et je n'ai même pas été tentée de le rompre pour relever les bévues les plus ridicules, ou pour dévoiler la mauvaise foi la plus évidente. Je ne citerai de cette modération que deux exemples qui suffiront.

Lorsque je donnai *Bélisaire*, M de Villeterque, très-malveillant pour moi (1), fit l'extrait de cet ouvrage, et dans son premier article, il se récria beaucoup sur l'*inconvenance* de commencer par *des scènes religieuses* un roman dont *le héros* (Bélisaire) *étoit payen.* M. de Villeterque croyoit que *Bélisaire étoit payen!.....* Cette ignorance étrange me fournissoit une vengeance facile et qui paroissoit légitime, mais qui ne le fut pas à mes yeux, parce qu'elle eût été cruelle, qu'elle eût humilié un honnête homme, et qu'une telle humiliation pour un homme de lettres et pour un journaliste, étoit un véritable malheur. Je ne répondis rien.

Voici le second exemple : Il existe un journal fort agréable, intitulé *les Talettes de Polymnie*, qui n'est connu que des amateurs de musique : de grands compositeurs y tra-

(1) Comme l'ont toujours été jusqu'à ce moment les rédacteurs du *Journal de Paris.*

vaillent ; et un homme d'esprit, bon musicien lui-même, le rédige. Dans un de ces numéros du mois du novembre dernier, les rédacteurs parlèrent de l'article d'une gazette allemande, qui rendoit compte des brillans succès de Casimir en Allemagne ; ensuite ils firent l'éloge de mes anciennes études de musique et sur la harpe qui ont produit un tel élève ; études, disoient-ils, dont j'avois su *tirer le parti le plus heureux*. Quoique cet éloge n'eût rien de commun avec la littérature, il a déplu aux rédacteurs du *Mercure*, et ils ont imaginé un moyen très-ingénieux de le tourner en ridicule ; c'est de citer ainsi cette dernière phrase : *dont elle a su tirer le parti le plus sonore* (1) ; et sur ce mot *sonore*, ils ne manquent pas de déployer tout leur talent pour la moquerie. Les rédacteurs des *Tablettes de Polymnie* relevèrent cette fausseté quinze jours après dans un de leurs numéros, ce qui n'a été connu que des amateurs de musique. On m'invita à dénoncer publiquement cette nouvelle manière de critiquer, qui ne pourroit s'établir sans rendre l'état de journaliste le plus vil des métiers ;

(1) *Mercure*, 17 novembre 1810.

c'étoit une belle occasion de prouver l'insigne fausseté de ceux qui m'attaquent sans cesse dans ce journal avec cette bonne foi. Mon amour pour la paix ne me permit pas d'en profiter : d'ailleurs ce n'étoit pas là une ruse de journaliste autorisée par quelques exemples ; car une malice de critique est fort différente d'un vrai tour de faussaire : ainsi comme il étoit impossible de reprocher un tel mensonge avec le ton de la politesse, je gardai le silence. Maintenant je dois citer de tels traits, qui montreront combien il a fallu pousser loin l'injustice et la mauvaise foi pour me forcer enfin à m'en plaindre.

Si MM. T., Nl., etc., eussent critiqué mon dernier ouvrage sous les rapports littéraires ; qu'ils eussent déclaré qu'il est ennuyeux, que les personnages y sont mal peints et mal jugés, qu'enfin il ne vaut rien, je n'aurois point appelé de cet arrêt ; mais on attaque uniquement mon caractère, et avec si peu de ménagement, que maintenant la modération ne seroit plus en moi qu'une insouciance qu'il n'est pas permis d'avoir sur ce point. Il est vrai que je n'ai nul besoin de justification ; le tribunal suprême, le public, a déjà porté le jugement que j'aurois eu le droit de réclamer ; mais je n'en dois pas moins repousser et confondre d'odieuses accusations : ce sera sans art, et avec cette simplicité, cette clarté qui ne laissent à la malveillance la plus adroite et la plus artificieuse aucun refuge pour se soustraire au blâme le mieux mérité, aucun moyen de nier la mauvaise foi et la calomnie. La *Gazette*, et le *Journal de l'Empire*, qui n'a fait que copier la *Gazette*, affirment que j'ai dit que Fénélon *écrivoit mal;* que je n'ai rendu justice ni à ses talens, ni au mérite supérieur de son poëme ; que, de plus, j'ai voulu noircir son caractère, que je lui ai supposé des torts imaginaires, c'est-à-dire que je l'ai calomnié. On a dit toutes ces choses sans faire une seule citation ; et toute critique vague, toujours suspecte, devient odieuse quand elle porte sur des faits aussi graves, car alors il faut prouver. On a dit encore que j'avois parlé de mesdames du Deffant, Necker et Cotin, de la manière la plus révoltante, que je les avois impitoyablement déchirées, et qu'enfin j'aurois dû placer madame du Châtelet dans mon ouvrage, et citer madame Suard dans l'article de madame de Maintenon (1).

(1) J'avoue que je crois qu'il y avoit là dans cet

Après avoir donné de justes éloges au roman de *la Princesse de Clèves*, j'ai dit que *le style de cet ouvrage a quelquefois de la grâce, mais qu'il est dépourvu de correction et d'élégance*, et qu'*on n'écriroit pas aujourd'hui une simple lettre avec tant de négligence*; et c'est ce que j'ai prouvé en citant un grand nombre de passages de ce roman, entr'autres celui-ci :

En parlant du roi, l'auteur dit

« Qu'en un raccommodement entre lui et » madame de Valentinois, il y *avoit* quelques » jours, sur des démêlés qu'ils *avoient* eus » pour le maréchal de Brissac, le roi lui *avoit* » donné une bague, et l'*avoit* priée de la por- » ter ; que pendant qu'elle s'habilloit pour » venir à la comédie, il *avoit* remarqué qu'elle » n'*avoit* pas cette bague, et lui en *avoit* de- » mandé la raison ; qu'elle *avoit* paru étonnée

---

article de M. T. une faute d'impression. Il est vraisemblable au contraire qu'il a voulu dire que madame Suard auroit dû me citer en parlant de madame de Maintenon, puisqu'elle n'a écrit que cinq ans après moi sur ce sujet, et qu'elle n'a pas dit un seul mot que je n'eusse dit, à la vérité dans d'autres termes. Je reviendrai là-dessus tout à l'heure avec un peu plus de détail.

» de ne la pas *avoir;* qu'elle l'*avoit* demandée » à ses femmes, lesquelles par malheur, ou » faute d'être bien instruites, *avoient* répondu » qu'il y *avoit* quatre ou cinq jours qu'elles » ne l'*avoient* vue. »

Et pour justifier ces répétitions si étrangement multipliées, j'ajoute que ce qui doit les faire excuser, c'est qu'on trouve cette même négligence dans des ouvrages plus importans, plus célèbres, faits après celui de madame de la Fayette, mais dans ce même siècle : par exemple, dans *Télémaque ;* et je cite plusieurs pages entières de *Télémaque* qui offrent ce même défaut et au même degré (*voyez les pages 121, 122, 123, 124*). Après ces longues citations, je conclus en effet ainsi : « La dou» ceur et l'harmonie du style de *Télémaque* » ne sont nullement soutenus dans tout le » poëme. M. de Voltaire a dit injustement » que la prose de ce bel ouvrage *est un peu* » *traînante,* car *cette prose est ravissante* » *dans tous les morceaux véritablement* » *intéressans ;* mais dans tous les autres, qui » sont toujours en grand nombre dans un long » ouvrage, elle est infiniment trop négligée. » *Influence des femmes*, pag. 121.

J'ai prouvé cette négligence par une infinité

de citations, et je termine cette espèce de critique, fondée sur des faits irrécusables, par ces réflexions :

« Dans un temps où la langue française se
» formoit et s'éternisoit par des chefs-d'œuvre
» qui subjuguoient si justement l'admiration
» universelle, de semblables critiques n'eus-
» sent paru que de petites chicanes ; mais par
» la suite on dut être plus sévère pour des
» écrivains d'un mérite moins éminent. Des
» grands préceptes, tous donnés d'une ma-
» nière sublime dans les ouvrages des créateurs
» de la littérature, on descendit aux petits
» détails, et l'on convint qu'il falloit, surtout
» dans les ouvrages d'un grand genre, enfin
» dans le style poétique, éviter avec soin les
» répétitions, ainsi que les rimes en prose. On
» se soumit unanimement à ces règles, dont
» la transgression pouvoit frapper tous les
» yeux, et donner lieu aux critiques les plus
» faciles à faire ; car un sot peut, tout aussi
» bien qu'un homme d'esprit, compter un mot
» dix ou douze fois répété dans une demi-
» page. Les écrivains doués d'un goût sûr
» et délicat, et obligés alors de travailler da-
» vantage leurs compositions, surent donner
» à la langue française de nouveaux tours

» pour varier leurs phrases, et par conséquent » plus de flexibilité, de grâce, et une harmonie plus soutenue; enfin, ce charme d'élégance dont la prose de Massillon nous offre » un si parfait modèle : mais ce même travail, » fait négligemment et sans goût, produisit » l'affectation, des tournures bizarres, et le » style obscur et précieux qu'on a vu si longtemps à la mode.

» J'ai pensé qu'on me pardonneroit cette » digression, dont le motif principal étoit de » justifier la négligence du style de madame » de la Fayette, et que d'ailleurs ces réflexions, qu'on n'a jamais faites, pourroient » être de quelqu'utilité aux jeunes littérateurs.

» *Télémaque* contient des descriptions ravissantes, beaucoup de morceaux écrits » d'une manière enchanteresse, des beautés » sans nombre; on y trouve un fonds admirable de sagesse, de vertu, d'humanité; » enfin ce livre, aussi beau qu'utile, a justement immortalisé son auteur. » *Pages 125 et 126.*

Voilà la manière de parler de Fénélon et de Télémaque, qui excite toute l'indignation de MM. T. et Nl.!... *Mais avoir l'audace de dire qu'il y a dans* Télémaque *beaucoup de négligences de style!*... je l'ai prouvé par des citations; c'est un fait qu'on n'a pu réfuter. En même temps j'ai dit expressément que *cette prose est ravissante dans tous les morceaux véritablement intéressans.* D'ailleurs, des *négligences de style* ne prouvent rien contre le génie d'un écrivain; le mot *négligence* exprime que l'auteur auroit pu ne pas avoir ce léger défaut. On peut, comme Fénélon, posséder au plus haut degré de perfection le talent d'écrire, et par conséquent écrire *tous les morceaux intéressans d'une manière enchanteresse*, et ne pas soigner assez son style dans tout le cours de l'ouvrage. Je suis persuadée qu'on n'a jamais trouvé dans une page écrite par M. T., un mot répété quinze ou vingt fois, et cependant je ne prétends pas que M. T. écrive mieux que Fénélon. Mais enfin ces négligences sont des défauts. J'ai dû d'autant plus les critiquer, qu'on ne les a jamais remarquées; et toute critique neuve, raisonnable, parfaitement fondée sur un ouvrage classique, est également utile aux lettres et aux jeunes littérateurs (1).

---

(1) La critique partiale qui, par des motifs particu-

Examinons maintenant si j'ai calomnié Fénélon.

Dans l'article de madame de Maintenon, il falloit la justifier de cette accusation si injuste et si souvent répétée, d'avoir lâchement abandonné Fénélon dans sa disgrâce; il falloit prouver que Louis XIV s'étoit montré trop mécontent et trop irrité pour qu'il eût été possible à madame de Maintenon de prévenir ou de faire cesser une disgrâce fondée sur de tels motifs.

---

liers, attaque souvent avec acharnement des productions utiles, mais médiocres, montre encore plus d'animosité contre des ouvrages supérieurs; ainsi *Télémaque* a dû trouver des censeurs impitoyables. En effet, des gens de lettres dont on a aujourd'hui oublié jusqu'au nom, *Faydit* et *Guedeville*, firent de ce beau poëme, lorsqu'il parut, la satire la plus indécente : ils n'eurent même pas l'adresse de rendre quelque justice aux beautés sans nombre de cet ouvrage; nulle citation honorable, nul éloge ne tempérèrent un peu leurs critiques amères. En blâmant outre mesure ce qu'il falloit blâmer, ils exagérèrent ridiculement l'importance de quelques défauts, ils inventèrent des allusions sans vraisemblance; ils fermèrent les yeux à toutes les beautés. Ces censures, dans lesquelles l'injustice se montroit avec si peu d'art et de pudeur, n'inspirèrent que le plus profond mépris pour leurs auteurs. On vengea *Télémaque* par une admiration

Voici comment j'explique, dans mon ouvrage, toutes les causes de la froideur et du mécontentement de Louis XIV.

« Fénélon étoit si aimé, si digne de l'être, » que tout ce qui le connoissoit blâma Louis XIV » de sa rigueur envers lui, et depuis tous les » lecteurs de Fénélon ont porté le même ju- » gement. Cependant Louis XIV eut-il, dans » cette occasion, un si grand tort? C'est un » point historique qui n'a jamais été discuté, » et comme il n'est point étranger à l'histoire » de madame de Maintenon, je vais l'examiner » rapidement.

» Louis XIV avoit l'esprit éminemment » sage; il trouva celui de Fénélon *systéma-* » *tique* : il dit de lui qu'il étoit *l'homme le*

---

qui fut portée jusqu'au fanatisme. Et c'est pourquoi, depuis ce temps, on n'a jamais fait un examen impartial de cette noble production ; c'est-à-dire une juste évaluation des beautés et des défauts. C'est un examen qui, bien fait, seroit éminemment utile aux lettres, et qui demanderoit des lumières et des connoissances acquises qu'une femme ne peut se flatter d'avoir. D'ailleurs cet examen étoit étranger à mon sujet, j'ai dû me borner, comme je l'ai fait, à examiner l'impression que cet ouvrage dut produire sur l'esprit de Louis XIV.

» *plus chimérique de son royaume.* Nous » verrons tout à l'heure que si *Télémaque* ne » justifie pas cette opinion, du moins il la mo- » tive un peu dans beaucoup de passages. La » chose du monde qui fait le mieux l'éloge de » Fénélon, c'est que sa vive amitié pour ma- » dame Guyon, et les querelles sur le quié- » tisme, n'aient altéré en rien l'opinion qu'on » avoit sur ses mœurs, et ne l'aient pas couvert » de ridicule. Il falloit avoir une vie aussi » pure, un caractère aussi estimable, un mé- » rite aussi éminent, pour ne pas perdre toute » considération en se montrant si attaché de » cœur et d'esprit à une femme jeune, belle, » d'une extravagance inouie, et qui préten- » doit être si *gonflée* de l'amour divin, qu'il » falloit la délacer! Ces folies durent paroître » inexcusables à Louis XIV; mais comme les » quiétistes parloient beaucoup d'*amour*, cet » étalage de sensibilité jeta de l'intérêt sur leur » cause aux yeux de tous ceux qui ne se sou- » cioient nullement de connoître les détails de » ces disputes (et c'étoit le grand nombre). » Les partisans de Fénélon, et de plus les en- » nemis de toute saine doctrine (1), ont ré-

(1) Entr'autres d'Alembert dans ses *Éloges*.

» pété et répètent encore que Fénélon fut » condamné pour avoir soutenu *qu'il faut* » *aimer Dieu*, comme si Bossuet et les autres » prélats eussent dit qu'il est inutile d'aimer » Dieu. Ils ont dit seulement que l'amour de » Dieu, loin d'excuser tout et de tenir lieu » de tout, comme le prétendent les quiétistes, » n'est véritable que lorsqu'il inspire le désir » de se soumettre à tous les préceptes, et » qu'il donne la force de les suivre avec une » scrupuleuse exactitude ; qu'enfin l'amour » n'est rien sans les actions méritoires et sans » la parfaite obéissance. Cette doctrine est » telle, que l'opinion opposée ne sauroit être » qu'une illusion produite par la sensibilité, » et que l'on ne peut regarder le quiétisme » que comme l'égarement le plus étrange de » l'esprit et de l'imagination.

» Il est triste, sans doute, que l'un des plus » beaux ouvrages dont puisse s'honorer la » littérature française, qu'un ouvrage qui sera » toujours de la plus grande utilité aux prin- » ces, et même à tous les hommes, que *Télé-* » *maque*, enfin, ait complété la disgrâce » de son auteur. Mais il faut en convenir, » ce bel ouvrage dut blesser sensiblement » Louis XIV ; on ne peut se dissimuler qu'il

» est rempli de critiques piquantes et d'allu-
» sions fâcheuses contre le roi. Ce prince ne
» trouva jamais mauvais la liberté avec laquelle
» Bossuet tonnoit en chaire contre la guerre
» et les conquêtes, parce que ces choses,
» dites en général, tiennent à des principes
» que personne ne conteste; que l'orateur qui
» les dit publiquement, prouve par cela même
» qu'il n'a point d'intentions particulières; et
» qu'enfin ces généralités n'empêchent nulle-
» ment d'admettre des exceptions par les-
» quelles les guerres sont légitimes et les con-
» quêtes nécessaires à la sûreté et même au
» salut des empires.

» Mais des *portraits* trop ressemblans, les
» allusions critiques les plus claires, des prin-
» cipes tout à fait républicains, des plans de
» gouvernement très-chimériques!... et toutes
» ces choses dans un ouvrage écrit secrète-
» ment, à l'insu du roi! Et pour qui? pour
» son petit-fils; et par qui? par l'homme de
» confiance choisi, placé par le souverain
» même!... Comment une telle lecture n'au-
» roit-elle pas fait sur l'esprit du roi la plus fâ-
» cheuse impression? Pourquoi Fénélon n'a-
» voit-il pas montré un ouvrage de cette im-
» portance au roi? pourquoi n'avoit-il pas

» prié madame de Maintenon, dont il étoit
» l'ami, de le lire? c'étoit un bon juge à con-
» sulter. Il avoit, avec raison, la plus haute
» opinion de son jugement et de son esprit ;
» pourquoi ce mystère ?... Quand on ose
» trouver quelques torts à Fénélon, il faut
» donner des preuves; en voici dans plusieurs
» passages de *Télémaque:* mais pour les bien
» juger, que l'on se mette à la place de
» Louis XIV faisant cette lecture (1). »

(1) L'opinion la plus générale est que Fénélon composa *Télémaque*, du moins en grande partie, étant à la cour, et c'est celle que j'adopte ; car s'il eût fait cet ouvrage dans son diocèse après sa disgrâce, on ne pourroit s'empêcher de trouver les traits évidemment critiques, sinon suspects, du moins affligeans pour tout lecteur pénétré du respect que le caractère de l'auteur doit inspirer. D'ailleurs, dans cette supposition, les traits qui tombent sur le roi seroient d'autant plus fâcheux, que l'auteur n'auroit pu, dans des instructions particulières données à son élève, en détourner adroitement l'application, ou en corriger l'amertume par de justes éloges. Au reste, on s'accorde à penser que Fénélon fit au moins à la cour le plan de cet ouvrage et un très-grand nombre de morceaux. Pourquoi donc en fit-il un secret à madame de Maintenon ? dira-t-on que madame de Maintenon a pu être consultée sans qu'on le sache ? Mais dans ce cas, qui peut

Après ceci, je cite *dix-huit* pages extraites de *Télémaque*, qui ont dû ou déplaire à Louis XIV, ou le blesser mortellement. Tous ceux qui ont lu ces citations beaucoup trop longues pour les rapporter ici, sont convenus que ces passages ont dû justement irriter le roi, comme souverain, comme père, comme bienfaiteur, et comme l'homme du monde qui avoit le plus d'aversion pour les systêmes; et d'ailleurs, il faut en convenir, presque tous ceux de Fénélon seroient impraticables.

Mes censeurs étoient obligés, par la justice, et par toutes les lois d'une saine critique, à rapporter tous les passages que j'ai cités, et à me réfuter en prouvant qu'ils ne devoient point blesser le roi; mais il étoit plus commode de dire vaguement que j'ai calomnié Fénélon;

---

douter qu'elle n'ait expressément recommandé à l'auteur d'éviter avec le plus grand soin tous les traits qui pourroient ressembler à des allusions, et surtout à des censures de la personne et du règne du roi? et après de tels avertissemens, l'auteur auroit-il pu écrire sans dessein tant de morceaux si choquans pour le roi? Mais, d'un autre côté, si madame de Maintenon n'a pas été consultée, l'auteur pensoit donc qu'elle blâmeroit l'ouvrage; il y trouvoit donc lui-même des passages faits pour déplaire à Louis XIV!...

car si je lui impute à cet égard des torts imaginaires, assurément je l'ai calomnié, et si l'on ne s'est pas servi de cette expression, on a dit l'équivalent.

Je ne suis pas surprise que les écrivains célèbres du siècle dernier aient affecté en général de louer beaucoup *Télémaque ;* ils ont pardonné à cet ouvrage la sublimité de sa morale en faveur des idées démocratiques qui s'y trouvent répandues : le partage des terres proposé, le gouvernement électif préféré, la magnificence royale abolie, les lois somptuaires qui règlent dans les familles jusqu'au nombre des plats, les arts proscrits, les satires outrées de la cour et des courtisans, les traits qui tombent sans cesse sur Louis XIV ; toutes ces choses devoient trouver des partisans parmi eux. Mais aujourd'hui aucun écrivain ne les approuve, et ceux même qui me critiquent pensent sûrement, à cet égard, comme moi. C'est une malveillance personnelle, et non la différence d'opinion, qui a excité toutes ces clameurs d'une feinte indignation.

Se réduira-t-on à me reprocher d'avoir cité, pour le plaisir de les critiquer, deux ou trois passages étrangers aux principes qui pouvoient blesser le roi? comme par exemple ce tableau d'une couleur si fausse, qui représenté un favori déchu, se jetant aux pieds de celui qui vient l'arrêter, *tremblant, bégayant, fondant en larmes; embrassant ses genoux, tandis que tous ceux qui l'entouroient changèoient leurs flatteries en insultes sans pitié.* Et cet autre tableau de l'amour non moins exagéré, qui représente Télémaque brûlant pour Eucharis, *étendu sur le rivage de la mer, poussant des cris semblables aux rugissemens d'un lion.... Calypso, les joues tremblantes, couvertes de taches noires et livides, et remplissant sa grotte de hurlemens.... Les nymphes jalouses prêtes à s'entre-déchirer, etc.*

Je m'étois engagée à prouver que cet ouvrage devoit *déplaire au roi et le blesser;* j'ai dû citer ces peintures si peu dignes du pinceau qui les a tracées, parce que Louis XIV pouvoit mieux que personne en sentir toute l'exagération; ainsi les défauts le frappoient vivement, et il étoit hors d'état de goûter les beautés. Celle que répand sur le style cette couleur antique, qui n'est dans cet ouvrage ni un vernis superficiel, ni une imitation servile, étoit perdue pour lui, ainsi que beaucoup d'autres; ainsi ses mécontentemens particuliers ne purent être adoucis par l'admiration due à des beautés du premier ordre.

Voici comment je termine dans mon ouvrage cet examen :

« Il faut avouer que cet ouvrage dut déplaire à Louis XIV ; mais comme la morale en est admirable, il eût été digne de ce prince d'en permettre l'impression, malgré ses ressentimens particuliers, d'autant plus qu'il auroit dû sentir qu'on ne supprime point de tels livres ; l'autorité ne pouvoit qu'en suspendre la publication, elle ne pourra jamais anéantir un chef-d'œuvre. »

Qu'on juge à présent s'il est vrai que j'aie parlé de *Télémaque* et de son immortel auteur d'une manière scandaleuse, et faite pour exciter *une indignation générale* ; car telles sont les expressions dont on s'est servi !....

J'ai fait dans mon ouvrage assez de citations critiques de *Télémaque* pour ne laisser aucun doute sur ce que je voulois prouver ; mais j'aurois pu prolonger infiniment ces citations ; j'en ai omis un très-grand nombre, entr'autres les éloges de la ville commerçante de Tyr et de ses habitans. « Les Tyriens (dit l'auteur) » sont industrieux, patiens, laborieux, propres, sobres et ménagers, etc. » *Livre III.*

On a vu généralement dans cette peinture la description d'Amsterdam et des Hollandais. Ces louanges, données à une nation ennemie mortelle alors de la France et de Louis XIV, durent déplaire à ce prince.

Personne n'a nié que Fénélon n'ait eu le projet de peindre Louis XIV dans le beau portrait de Sésostris, et tout le monde convient qu'il auroit dû supprimer le trait amer qui le termine. J'ai cité ce portrait, mais je n'ai pas dit que, dans le chant XIX, on retrouve encore les allusions les plus claires et les plus fâcheuses. Télémaque voit aux Champs-Elysées Sésostris, et son grand-père lui dit : « Il faut que tu saches que sa félicité n'est rien » en comparaison de celle qui lui étoit des- » tinée, si une trop grande prospérité ne lui » eût fait oublier les règles de la modération » et de la justice. La passion de rabaisser » l'orgueil et l'insolence des Tyriens (1), l'en- » gagea à prendre leur ville (2).... Il se laissa » séduire par la vaine gloire des conquérans.... » Mais ce qui le rendit plus inexcusable, c'est » qu'il fut enivré de sa propre gloire ; il fit

(1) Louis XIV fit la conquête de la Hollande.

(2) Je supprime le détail des autres conquêtes.

» atteler à un char les plus superbes des rois » qu'il avoit vaincus (1) ; voilà ce qui fit dé» choir un roi d'ailleurs si juste et si bienfai» sant, et c'est ce qui diminue la gloire que » les dieux lui avoient préparée. »

Dans le *livre XXIV*, Mentor, en parlant des rois, ajoute : « Ils se croient des dieux, » ils veulent que les montagnes s'aplanissent » pour les contenter (2), ils comptent pour » rien les hommes, ils veulent se jouer de la » nature entière. »

Dans le *livre XX*, on trouve ce qui suit : « Un Daunien, d'une naissance obscure, » mais d'un esprit violent et hardi, nommé » Dioscore, vint la nuit dans le camp des » alliés leur offrir d'égorger dans sa tente le » roi Adraste ; il le pouvoit, car on est maître » de la vie des autres, quand on ne compte » plus pour rien la sienne. Cet homme ne res» piroit que la vengeance, parce qu'Adraste

(1) On sait combien on a blâmé Louis XIV d'avoir souffert que, dans le monument de la Place des Victoires, on eût représenté les nations enchaînées à ses pieds.

(2) Louis XIV avoit fait couper une montagne pour conduire des eaux à Versailles.

» lui avoit enlevé sa femme qu'il aimoit éper-
» dûment ; et qui étoit égale en beauté à
» Vénus même. »

Louis XIV avoit enlevé madame de Montespan à son mari, qui fit à ce sujet les scènes les plus *violentes*, qui aimoit *éperdûment* sa femme ; la plus *belle* personne de la cour ! Que l'on se mette à la place de Louis XIV, lisant ce passage.... Je n'ai cité dans mon ouvrage, ni ce trait, ni tous ceux qu'on vient de lire, et j'en pourrois rapporter beaucoup d'autres encore. J'étois donc bien loin d'éprouver l'extravagante animosité que MM. T. et Nl. me supposent si gratuitement. Il faut remarquer que je n'ai jamais imaginé que Fénélon ait eu l'intention de faire ces odieuses allusions ; mais j'ai dit qu'il auroit dû éviter tout ce qui pouvoit y prêter, que ce soin ne se trouve nulle part dans son livre ; qu'il auroit dû consulter son amie et sa bienfaitrice madame de Maintenon, que le profond mystère sur cet ouvrage est inexplicable, que le roi, en lisant ce poëme, dût être profondément blessé : et voilà certainement des vérités incontestables.

En voilà bien assez pour démontrer l'injustice révoltante des satires faites contre moi relativement à Fénélon ; et cependant je puis encore donner une preuve infiniment plus forte de ma délicatesse lorsqu'il s'agit d'accuser. Je pouvois citer une fameuse lettre qui n'eût pas laissé le moindre doute sur la réalité des allusions les plus fâcheuses *faites à dessein* dans le poëme de *Télémaque*, et je n'en ai point parlé, parce que je n'ai jamais lu cette lettre que dans les œuvres de d'Alembert (notes de l'éloge de Fénélon), et que cet écrivain, ainsi que tous ceux de son parti a débité tant de mensonges, qu'il ne me semble pas permis d'appuyer une accusation grave sur un fait que l'on ne connoît que par ses ouvrages. Néanmoins il est impossible de croire que d'Alembert ait fabriqué cette lettre; mais n'y a-t-il rien ajouté? C'est une chose dont je ne pouvois répondre, et dans ce doute, qui raisonnablement ne pouvoit être que fort léger, je n'en ai pas fait la moindre mention. D'ailleurs mon goût, mes sentimens, mon admiration pour un grand homme, me faisoient répugner à retracer un fait qui, de quelque manière qu'on puisse l'envisager, donne lieu aux plus fâcheuses réflexions. Je pouvois m'en passer pour ce que je voulois prouver; j'aimai mieux donner moins d'autorité à mon opinion, que de la fortifier en aggravant un tort de l'auteur de *Télémaque*. Il faut maintenant prouver la vérité d'un sentiment que de certains auteurs, très-incapables de faire de semblables sacrifices, appelleroient de l'hypocrisie, si je ne me décidois pas à tout dire.

Voici le récit de d'Alembert, récit fait dans l'éloge même :

« Il existe de Fénélon une lettre manus-
» crite adressée ou destinée à Louis XIV, et
» dans laquelle il prédit à ce prince les revers
» affreux qui désolèrent et humilièrent sa
» vieillesse (1)..... Nous ignorons si cette lettre
» a été lue par Louis XIV; mais qu'elle étoit
» digne de l'être!.... Ce fut quelques années
» après l'avoir écrite que Fénélon eut l'arche-
» vêché de Cambrai. Si le prince a vu la lettre,
» et qu'il ait ainsi récompensé l'auteur, c'est
» le moment de sa vie où il a été le plus grand.
» Mais son mécontentement du *Télémaque*
» nous fait douter avec regret de ce trait
» d'héroïsme. »

Quel étrange raisonnement! comment un homme d'esprit ne sent-il pas la différence infinie

---

(1) Il ne *prédit* point, il parle du passé et du présent.

qui se trouve entre un avis utile et courageux, et une médisance piquante ? Avec autant de grandeur d'âme, Louis XIV pouvoit éprouver de la reconnoissance pour celui qui osoit lui parler si durement, et qui n'adressoit ces vérités hardies qu'à lui seul ; mais quand il les retrouvoit dans un ouvrage fait pour son petit-fils et pour le public, il étoit naturel qu'il ne les regardât plus que comme une indiscrétion coupable, et comme une satire outrageante.

D'Alembert, dans l'éloge de Fénélon, dit au sujet de cette lettre :

« Cette lettre n'a jamais été imprimée......
» nous la donnons ici fidèlement transcrite sur
» l'original, qui est de la propre main de Fé-
» nélon (1). »

Cette lettre est trop longue pour la donner ici toute entière ; mais tout ce qu'elle contient de dur et d'affligeant se trouve dans *Télémaque*, dans la bouche de Mentor, reprochant au foible et coupable Idoménée son orgueil et ses fautes. Voici quelques passages de la lettre, comparés à quelques passages de *Télémaque*, et aux sévères leçons de Mentor :

---

(1) Il ne dit point où il a pris cette lettre et où elle est déposée, et il auroit dû le dire.

« Vous êtes né, sire, avec un cœur droit et » équitable ; mais ceux qui vous ont élevé ne » vous ont donné pour science de gouverner » que la défiance, la jalousie, l'éloignement de » la vertu, la crainte de tout mérite éclatant, » le goût des hommes souples et rampans, la » hauteur et l'attention à votre seul intérêt. » *Lettre au Roi.*

« Avec un cœur noble et porté au bien, il » ne paroissoit ni obligeant, ni sensible à » l'amitié, ni libéral, ni reconnoissant, ni at- » tentif à distinguer le mérite. Sa mère Péné- » lope l'avoit nourri, malgré Mentor, dans » une hauteur et une fierté qui ternissoient » tout ce qu'il y avoit de plus aimable en lui. » Il se regardoit comme étant d'une autre na- » ture que le reste des hommes ; les autres ne » lui sembloient mis sur la terre par les dieux » que pour le servir, pour prévenir tous ses » désirs, pour rapporter tout à lui comme à » une divinité. » *Télémaque*, liv. XVI.

« On vous a élevé jusqu'au ciel, pour avoir » effacé, disoit-on, la grandeur de tous vos » prédécesseurs ensemble, c'est-à-dire pour » avoir appauvri la France entière, afin d'in- » troduire à la cour un luxe monstrueux et » incurable....... Il est vrai que vous avez été

» jaloux de l'autorité, peut-être même trop, » dans les choses extérieures; mais pour le » fond, chaque ministre a été maître dans » l'étendue de son administration...... Ils (les » ministres) ont été durs, hautains, injustes, » violens, de mauvaise foi; ils n'ont connu » d'autre règle, ni pour l'administration du » dedans de l'état, ni pour les négociations » étrangères, que de menacer, que d'écraser, » que d'anéantir tout ce qui leur résistoit. Ils » ne vous ont parlé que pour écarter de vous » tout mérite qui pouvoit leur faire ombrage. » Ils vous ont accoutumé à recevoir sans cesse » des louanges outrées qui vont jusqu'à l'ido- » lâtrie, et que vous auriez dû, pour votre » honneur, rejeter avec indignation (1). On a » rendu votre nom odieux, et toute la nation » française insupportable à tous vos voisins; » on n'a conservé aucun allié, parce qu'on » n'a voulu que des esclaves; on n'a causé plus » de vingt ans que des guerres sanglantes. »

*Ici je supprime de longs reproches, faits du même ton, sur l'injustice de ces guerres, sur la mauvaise foi des traités, etc.*

---

(1) Tels sont exactement dans *Télémaque* les portraits des ministres d'Idoménée, *Protésilas* et *Timocrate*.

« En voilà assez, sire, pour reconnoître que » vous avez passé votre vie entière hors du » chemin de la justice et de la vérité. »

*Je supprime encore six pages d'une peinture exagérée du mauvais état de la France et des peuples, causé, dit-il, par la foiblesse, l'aveuglement et l'injustice du roi.*

« Vous ne prêtez volontiers l'oreille, sire, » qu'à ceux qui vous flattent de vaines espé- » rances; les gens que vous estimez les plus so- » lides, sont ceux que vous craignez et que » vous évitez le plus. »

*Ici menaces terribles de la justice divine.*

« Vous n'aimez pas Dieu, vous ne le crai- » gnez même que d'une crainte d'esclave; c'est » l'enfer, et non pas Dieu, que vous craignez. » Votre religion ne consiste qu'en supersti- » tions, en petites pratiques superficielles; vous » êtes comme les Juifs dont Dieu dit: *Pendant* » *qu'ils m'honorent des lèvres, leur cœur* » *est bien loin de moi.* Vous êtes scrupu- » leux sur des bagatelles et endurci sur des » maux terribles. Vous n'aimez que votre » gloire et votre commodité; vous rapportez » tout à vous comme si vous étiez le Dieu de la

» terre, et que tout le reste n'eût été créé que
» pour être sacrifié......

» Vous avez un archevêque (1) corrompu,
» scandaleux, incorrigible, faux, malin, arti-
» ficieux, ennemi de toute vertu, et qui fait
» gémir tous les gens de bien. Vous vous en
» accommodez, parce qu'il ne songe qu'à vous
» plaire par ses flatteries. Il y a plus de vingt
» ans qu'en prostituant son honneur, il jouit
» de votre confiance. Vous lui sacrifiez les
» gens de bien; vous lui laissez tyranniser l'é-
» glise, et nul prélat vertueux n'est traité aussi
» bien que lui. Pour votre confesseur (2), il
» n'est pas vicieux, mais il craint la solide
» vertu, et il n'aime que les gens profanes et
» relâchés.... »

*Je passe le portrait de ce confesseur.*

« Vous êtes seul en France, sire, à ignorer
» qu'il ne sait rien, que son esprit est court et
» grossier. »

*Ensuite, reproches sur les affaires de l'é-glise, et sur les disputes théologiques dont le roi se mêloit.*

« Il faut demander la paix, et expier par

(1) De Harlay.
(2) Le père Lachaise.

» cette honte toute la gloire dont vous avez
» fait votre idole.

» Il faut rejeter les conseils des politiques
» flatteurs; il faut rendre à vos ennemis des
» conquêtes que vous ne pouvez retenir sans
» injustice. N'êtes-vous pas trop heureux,
» dans vos malheurs, que Dieu fasse finir les
» prospérités qui vous ont aveuglé ? etc. »

Écoutons maintenant Mentor parlant à Idoménée.

« O Idoménée, vous dites que les dieux ne
» sont pas encore las de vous persécuter, et
» moi je dis qu'ils n'ont pas encore achevé de
» vous instruire. Tant de malheurs, que vous
» avez soufferts, ne vous ont point encore appris
» ce qu'il faut faire pour éviter la guerre;
» une mauvaise honte et une fausse gloire
» vous ont jeté dans ce malheur; vous avez
» craint de rendre l'ennemi trop fier, et vous
» n'avez pas craint de le rendre trop puissant,
» en réunissant tant de peuples contre vous
» par une conduite hautaine et injuste. »
*Liv. X.*

« Quand vous avez trouvé des flatteurs, les
» avez-vous écartés ? vous en êtes-vous défié ?
» Non, non, vous n'avez point fait ce que
» font ceux qui aiment la vérité et qui mé-

» ritent de la connoître. Voyons si vous avez
» maintenant le courage de vous laisser humi-
» lier par la vérité qui vous condamne. Je
» disois donc que ce qui vous attire tant de
» louanges ne mérite que d'être blâmé. Pen-
» dant que vous aviez au-dehors tant d'enne-
» mis qui menaçoient votre royaume, vous ne
» songiez au-dedans de votre nouvelle ville
» qu'à y faire des ouvrages magnifiques.....
» Une vaine ambition vous a poussé jusqu'au
» bord du précipice ; à force de vouloir pa-
» roître grand, vous avez ruiné votre véritable
» grandeur. » *Liv. XIII.*

« .... Hélas ! reprit Idoménée, est-ce, mon
» cher Mentor, que vous ignorez la foiblesse
» et l'embarras des princes ? Quand ils sont
» une fois livrés à des hommes corrompus et
» hardis, qui ont l'art de se rendre nécessaires,
» ils ne peuvent plus espérer aucune liberté ;
» ceux qu'ils méprisent le plus sont ceux
» qu'ils traitent le mieux et qu'ils comblent de
» bienfaits. » *Liv. XIV.*

Dans le livre XIX, Mentor reprend Idoménée de ce qu'il se mêle des disputes de la religion. Tout ce que dit Mentor à ce sujet, est admirablement sage et beau ; mais le fonds de toutes ces choses se trouve dans la lettre adressée à Louis XIV, qui eut en effet le malheur de se mêler beaucoup trop de ces disputes. Mentor propose aussi à Idoménée de rendre toutes ses conquêtes, etc. Enfin, toute la lettre se trouve répétée presque mot à mot dans les entretiens de Mentor et d'Idoménée.

Si la lettre trouvée dans les papiers de Fénélon n'a pas été un simple projet de l'auteur, qu'il n'auroit osé exécuter, si elle a été lue par le roi, il est certain que ce prince, en sentant tout le prix d'avis donnés avec une telle rudesse, un ton si sec et si peu respectueux, a montré beaucoup de grandeur d'âme, et qu'il a parfaitement expié le plaisir qu'il a pu trouver d'ailleurs dans les louanges. Il a pensé, sans doute, que ce langage dur et sévère prouvoit un courage estimable, que l'exagération des malheurs et des fautes n'étoit due qu'au zèle ardent d'un excellent citoyen; et l'admiration et la reconnoissance ont fait taire en lui l'amour-propre et la fierté d'un maître : mais ensuite, lorsqu'il a vu, dans *Télémaque*, tous ces mêmes reproches, tous ces mêmes discours adressés au plus foible des rois, a-t-il pu douter de la réalité des allusions, et que ce poëme ne fût, d'un bout à l'autre, la critique la plus amère de son gouvernement, de ses ministres et de son caractère ?

Si Louis XIV n'a pas lu la lettre, comme la lettre n'en existoit pas moins, il n'a eu aucun tort en trouvant dans ce livre des allusions, des censures continuelles; il n'a rien supposé d'imaginaire; et l'on est forcé de convenir que Fénélon n'a pu s'abuser lui-même sur ces applications injurieuses, puisqu'il avoit écrit d'avance toutes ces mêmes critiques sur le règne du roi.

Voilà des preuves qu'on n'a jamais rassemblées, rapprochées, examinées, et qui ne laissent aucun doute sur la réalité des allusions, sur les intentions de l'auteur, et sur la justice du mécontentement du roi. Ajoutons que l'existence de ces allusions a toujours été reconnue et n'a jamais été contestée; on croit seulement, en général, qu'elles sont moins directes qu'elles ne le sont en effet. D'Alembert, dans l'*Éloge de Fénélon*, dit que ce qui contribua le plus au succès de *Télémaque* dans sa nouveauté, fut *la critique indirecte, mais continuelle, d'un monarque qui n'étoit plus le dieu de ses sujets.*

Et cette phrase se trouve dans un éloge qui fut prononcé dans une séance publique, et personne ne fut indigné, car c'est une chose reconnue et très-incontestable. Il y a dans *Télémaque* plusieurs passages dont les allusions apparentes seroient odieuses, et je les ai si peu rangés au nombre des allusions, que je ne les ai point cités dans mon ouvrage, comme je viens de le dire : mais il y a une multitude d'allusions fâcheuses qu'il est impossible de nier, et d'Alembert n'a rien dit, à cet égard, qui ne fût universellement reçu. Ce qui m'appartient dans cette discussion, c'est d'avoir dit que *Télémaque* dut déplaire à Louis XIV; car il est assez simple qu'une critique aussi peu ménagée, et des opinions si peu monarchiques, aient blessé un bienfaiteur et un roi.

Ainsi, indépendamment des preuves nouvelles que je donne ici, ce que j'ai dit dans mon ouvrage n'avoit donc rien de scandaleux. Il est vrai que, la première, j'ai osé blâmer ces allusions que le respect et la reconnoissance auroient dû interdire à l'auteur; et c'est un mérite et une franchise dont je m'honore d'autant plus, qu'il est bien étonnant que nul écrivain n'ait fait, avant moi, toutes ces réflexions. Des allusions ne peuvent avoir l'autorité de l'histoire, et par conséquent rien n'excuse en elles la rigueur d'une inflexible sévérité : lorsqu'elles se rapportent aux puissances de la terre, le voile qui les couvre leur donne un caractère de malignité timide, qui peut, à quelques égards, les faire confondre avec les satires anonymes, et quand elles sont faites contre un bienfaiteur, elles sont doublement condamnables. Voilà ce que le respect dû à d'éminentes vertus et à de grands talens, ne doit empêcher ni de penser ni de dire franchement.

Quant à la lettre de Fénélon adressée au roi, j'avouerai, avec la même sincérité, qu'il m'est impossible de l'admirer. La sagesse qui *reproche* et qui *conseille*, doit être insinuante et persuasive, sans quoi elle agiroit sans but, elle seroit stérile et sans fruit, elle ne seroit pas la sagesse. C'est ainsi que se montrent l'humeur et la misanthropie, qui disent tant de vérités incontestables, mais sans aucune utilité. On n'éclaire point par des insultes, on n'instruit point en humiliant l'amour-propre. D'ailleurs, toutes les fautes du roi sont étrangement exagérées dans cette lettre, et l'on n'y rend justice ni à ses belles actions, ni à ses grandes qualités.

L'histoire approfondie et tous les mémoires de ce règne montrent combien de fois ce prince fut injustement provoqué par ses ennemis, et qu'il donna beaucoup de preuves non équivoques et de modération et d'équité. Enfin, l'auteur de la lettre ne paroît occupé que du désir de l'humilier et du soin de lui prouver qu'il est haï de son peuple ainsi que des étrangers, et que la France et la monarchie sont perdues sans retour. Il lui propose, pour tout remède, de subir *la honte* de demander la paix, en offrant de tout rendre. Je ne vois rien dans tout cela qui puisse motiver l'extrême admiration que d'Alembert montre pour cet écrit; mais dans cette lettre Louis XIV, *un roi*, est bien rabaissé, bien humilié, bien flétri. Quels titres à l'admiration des philosophes du dernier siècle!....

Il est probable que Louis XIV n'a jamais reçu cette lettre; que Fénélon, pénétré des abus du gouvernement, l'écrivit dans un moment d'humeur, seulement pour se soulager (car il semble qu'on se débarrasse des idées qui tourmentent, en les confiant au papier): mais il est vraisemblable qu'il n'envoya point au roi une lettre si peu mesurée, et qu'il n'eut jamais le projet de la lui faire parvenir. Il n'ignoroit nullement l'art d'orner la vérité des couleurs les plus aimables et les plus flatteuses, comme on peut s'en convaincre par une réponse qu'il fit à madame de Maintenon (1), qui lui avoit expressément demandé de lui *détailler tous ses défauts*. Cette réponse est un chef-d'œuvre dans son genre, par l'opposition singulière qui se trouve entre la gravité sévère du ton et la juste estime exprimée tacitement dans tout le cours de la lettre. Si Fénélon eût écrit au roi, cet art légitime eût été alors plus utilement employé : mais il falloit, dans ce cas, l'employer en sens contraire ; il falloit que les expressions de cette lettre fussent respectueuses, douces, insinuantes, et que le fonds des choses fût d'une vérité sévère.

J'espère que mes lecteurs me pardonneront cette longue dissertation ; elle n'est point un écart, puisqu'elle tient au sujet que je traite ; et elle est d'ailleurs par elle-même si intéressante, qu'elle doit ôter à cet écrit une partie de l'insipidité d'une défense personnelle.

Il est fâcheux, sans doute, de critiquer un livre qu'on admire : mais n'est-ce rien de justifier l'un de nos plus grands rois d'un caprice odieux et ridicule, et d'une injustice absurde ?

---

(1) Cette lettre se trouve dans les *Mémoires de madame de Maintenon*, publiés par la Baumelle.

ne devons-nous rien à la mémoire de Louis XIV? est-il indigne d'un auteur français de la défendre par des faits irrécusables? Et depuis quand est-ce un scandale, est-ce un crime de discuter un point d'histoire qui n'a jamais été examiné, et surtout lorsqu'on le discute avec tout le respect dû à d'illustres noms et à de grandes réputations justement acquises? Comment l'indignation de MM. T. et M. n'éclate-t-elle pas plutôt contre M. de Voltaire, qui a déclaré que la prose de *Télémaque* étoit *un peu traînante*, qui s'est tant moqué des lois de *Salente*, et qui a calomnié d'une manière si odieuse le grand homme auteur de cet ouvrage? Je ne laisserai pas échapper une occasion de rapporter ce mensonge philosophique très-peu connu, et répété pendant quarante ans par les disciples, entr'autres par d'Alembert dans ses *Éloges*. Les écrivains fameux du siècle dernier ont prétendu que Fénélon, après de mûres réflexions, démentant sa vie entière, étoit devenu *sceptique*, c'est-à-dire un parfait philosophe, dans les dernières années de sa vie. Toute cette piété si tendre, si ferme et si vraie, qu'il avoit prouvée, dès sa première jeunesse, par sa conduite, ses mœurs et ses écrits, cette piété qu'il montra aussi pure à la cour que dans son diocèse, s'évanouit tout à coup dans la solitude et dans sa vieillesse. Voilà un des plus beaux miracles philosophiques que l'on puisse citer, mais il n'est pas permis de le révoquer en doute. D'abord, on sait que M. de Voltaire avoit des traditions toutes particulières, d'autant plus précieuses qu'il les tenoit *de vieillards* qui ne les ont jamais confiées qu'à lui; et ces traditions, rapportées par un écrivain aussi véridique que lui, sont des autorités bien respectables. Ce fut ainsi que Ramsay, disciple de Fénélon, apprit à Voltaire que l'illustre auteur de *Télémaque* ne croyoit plus à rien sur la fin de sa vie, ce qui répandit un calme parfait et une douceur inexprimable sur ses derniers momens. En effet, il est bien agréable, lorsqu'on a toute sa vie combattu les passions et vécu comme un saint, de découvrir en mourant qu'on ne recevra nulle récompense, et au lieu d'une éternité de gloire et de bonheur, de n'entrevoir que le néant. D'Alembert, dans son *Éloge de Fénélon*, confirme cette belle découverte, et fait à ce sujet cette réflexion: *La théologie peut le condamner, mais l'humanité doit l'absoudre.* Il faut avouer que les témoignages des *vieillards de la cour de Louis XIV*, dont M. de Voltaire étoit le confident dans sa jeunesse, ne sont pas les seules preuves du scepticisme de Fénélon ; Voltaire en produit une preuve beaucoup plus convaincante, en citant ces vers de l'archevêque de Cambrai, vers qu'il fit en effet sur la fin de sa vie :

Jeune, j'étois trop sage
Et voulois trop savoir,
Je n'ai plus en partage
   Que badinage,
Et touche au dernier âge,
   Sans rien prévoir.

*Et touche au dernier âge,*
   *Sans rien prévoir!*

Cela est fort, on ne peut le nier.

Mais n'y a-t-il point là quelque tour philosophique, quelque ruse ingénieuse pour tromper le public, dans le genre de celles que renouvellent aujourd'hui si souvent certains journalistes ? Oui, ces vers, indignement tronqués avec une intention perfide et calomnieuse, sont tirés d'un *cantique sur la nécessité de vivre en enfant, pour renoncer à la vaine sagesse humaine*. Tel en est le titre, et voici la pièce entière :

Adieu, vaine prudence,
Je ne te dois plus rien.

Une heureuse ignorance
Est ma science,
*Jésus* et son enfance
Est tout mon bien.
Jeune, j'étois trop sage,
Et voulois trop savoir,
Je n'ai plus en partage
Que badinage,
Et touche au dernier âge,
Sans rien prévoir.

Ainsi ces mots, *sans rien prévoir*, ne se rapportent qu'aux évènemens de cette courte vie; et voilà quel étoit le pyrrhonisme de Fénélon, et quelle étoit la bonne foi des prétendus philosophes du siècle dernier.

D'Alembert a dit que Fénélon, dans *Télémaque*, fait *beaucoup moins parler la religion que la morale naturelle* (1). C'est sans doute, dans l'opinion de d'Alembert, ce qu'il auroit *dû faire*, tout archevêque qu'il étoit, mais c'est assurément ce qu'il n'a pas fait. Au contraire, dans l'un des plus beaux morceaux de *Télémaque*, il suppose un *philosophe* (comme nous n'en avons point vu) ne s'étant jamais écarté de *la morale naturelle*, mais

(1) Éloge de Fénélon.

sans religion, et plongé dans le Tartare. Voici cette sublime peinture :

« Télémaque aperçoit bientôt près de lui » le noir Tartare ; il en sortoit une fumée » noire et épaisse, dont l'odeur empestée don- » noit la mort si elle se répandoit dans la de- » meure des vivans. Cette fumée couvroit un » fleuve de feu, et d s tourbillons de flamme, » dont le bruit, semblable à celui des torrens » les plus impétueux quand ils s'élancent des » plus hauts rochers dans le fond des abîmes, » faisoit qu'on ne pouvoit rien entendre dis- » tinctement dans ces tristes lieux. Télémaque, » secrètement animé par Minerve, entra sans » crainte dans ce gouffre....

» Mais parmi toutes les ingratitudes, celle » qui étoit punie comme la plus noire (dans » le Tartare), c'est celle qui se commet envers » les dieux.

» Quoi donc! disoit Minos, on passe pour » un monstre quand on manque de recon- » noissance pour son père ou pour son ami » de qui on a reçu quelques secours, et on » fait gloire d'être ingrat envers les dieux de » qui on tient la vie, et tous les biens qu'elle » renferme! ne leur doit-on pas sa naissance » plus qu'au père et à la mère de qui on est né?

» Plus tous ces crimes sont impunis et excusés » sur la terre, plus ils sont dans les enfers » l'objet d'une vengeance implacable à qui rien » n'échappe.

» Télémaque, voyant les trois juges qui » étoient assis, qui condamnoient un homme, » osa leur demander quels étoient ses crimes. » Aussitôt le condamné, prenant la parole, s'é- » cria : Je n'ai jamais fait aucun mal, j'ai mis » tout mon plaisir à faire du bien; j'ai été » magnifique, libéral, juste, compatissant; » que peut-on donc me reprocher? Alors » Minos lui dit : On ne te reproche rien à l'é- » gard des hommes; mais ne devois-tu pas » moins aux hommes qu'aux dieux? quelle » est donc cette justice dont tu te vantes? » tu n'as manqué à aucun devoir envers les » hommes qui ne sont rien; tu as été vertueux, » mais tu as reporté tout à ta vertu, à toi- » même, et non aux dieux qui te l'avoient » donnée; car tu voulois jouir du fruit de ta » propre vertu, et te renfermer en toi-même; » tu as été ta divinité, mais les dieux qui ont » tout fait, et qui n'ont rien fait que pour » eux-mêmes, ne peuvent renoncer à leurs » droits; tu les as oubliés, ils t'oublieront, » ils te livreront à toi-même, puisque tu as

» voulu être à toi, et non pas à eux. Cherche » donc maintenant, si tu le peux, ta consolation » dans ton propre cœur. Te voilà à jamais sé» paré des hommes auxquels tu as voulu » plaire; te voilà seul avec toi-même, qui » étois ton idole. Apprends qu'il n'y a point » de véritable vertu sans le respect et l'amour » des dieux à qui tout est dû. Ta fausse vertu, » qui a long-temps ébloui les hommes faciles » à tromper, va être confondue; les hommes, » ne jugeant des vices et des vertus que par » ce qui les choque ou les accommode, sont » aveugles et sur le bien et sur le mal. Ici » une lumière divine renverse tous les juge» mens superficiels, elle condamne souvent » ce qu'ils admirent, et justifie ce qu'ils con» damnent.

» A ces mots ce philosophe, comme frappé » d'un coup de foudre, ne pouvoit se sup» porter soi-même. La complaisance qu'il avoit » eue autrefois à contempler sa modération, » son courage et ses inclinations généreuses, » se change en désespoir. La vue de son propre » cœur ennemi des dieux, devient son sup» plice. Il se voit, et ne peut cesser de se » voir. Il voit la vanité des jugemens des » hommes auxquels il a voulu plaire dans

» toutes ses actions. Il se fait une révolution
» universelle de tout ce qui est au-dedans de
» lui, comme si on bouleversoit toutes ses
» entrailles. Il ne se trouve plus le même ; tout
» appui lui manque dans son cœur. Sa cons-
» cience, dont le témoignage lui avoit été si
» doux, s'élève contre lui, et lui reproche
» amèrement l'égarement et l'illusion de toutes
» ses vertus, qui n'ont point eu le culte
» de la divinité pour principe et pour fin ; il
» est troublé, consterné, plein de honte, de
» remords et de désespoir. Les furies ne le
» tourmentent point, parce qu'il leur suffit
» de l'avoir livré à lui-même, et que son
» propre cœur venge assez les dieux méprisés.
» Il cherche les lieux les plus sombres pour se
» cacher aux autres morts, ne pouvant se
» cacher à lui-même. Il cherche les ténèbres,
» et ne peut les trouver. Une lumière impor-
» tune le suit partout, partout les rayons per-
» çans de la vérité vont venger la vérité qu'il
» a négligé de suivre. Tout ce qu'il a aimé lui
» devient odieux, comme étant la source de
» ses maux qui ne peuvent jamais finir. Il dit
» en lui-même : O insensé ! je n'ai donc connu
» ni les dieux, ni les hommes, ni moi-même.
» Non, je n'ai rien connu, puisque je n'ai

» jamais aimé l'unique et véritable bien. Tous » mes pas ont été des égaremens ; ma sagesse » n'étoit que folie ; ma vertu n'étoit qu'un » orgueil impie et aveugle ; j'étois moi-même » mon idole. » *Livre XVIII.*

C'est ainsi que Fénélon *fait beaucoup moins parler la religion que la morale naturelle !*

Voilà les choses qui doivent indigner, et qu'il est utile de dévoiler ; cependant n'ayant pas voulu m'écarter de mon sujet, je n'en ai point parlé dans mon ouvrage. Les satires les plus grossièrement injustes m'ont fourni l'occasion de les citer, et en même temps de montrer dans tout son jour ma modération quand je critique, ma parfaite sincérité, mon profond respect pour Fénélon ; et j'en remercie du fond de l'âme, sans aucune ironie, MM. T. et Nl. ; il est certain que mes amis n'auroient pu me servir mieux.

Voyons maintenant si j'ai manqué *à tous les égards, à toutes les bienséances*, en parlant de mesdames du Deffant, Necker et Cotin.

La *Gazette* a dit que j'ai traité madame du Deffant avec indignité, et M. T., copiste de la *Gazette*, a répété la même chose.

Voici ce que j'ai dit de madame du Deffant :

« Il étoit impossible de connoître madame
» du Deffant et d'étudier son caractère, sans
» se confirmer dans l'opinion que la fausse
» philosophie détend tous les ressorts de l'âme,
» flétrit l'imagination, et dessèche le cœur.
» Madame du Deffant avoit un fonds de bonté;
» elle étoit obligeante, généreuse; elle joi-
» gnoit à beaucoup d'esprit une extrême sim-
» plicité dans la conversation; elle fut la seule
» femme *philosophe* sans pédanterie et sans
» prétention, la seule qui n'eut ni le projet
» de dominer, ni le désir de briller et de se
» faire des admirateurs; la seule enfin qui n'ait
» point eu l'absurde intolérance de l'impiété.
» Mais avec trop de justesse dans l'esprit pour
» s'attacher fortement à des erreurs, et avec
» trop de foiblesse et d'indolence pour les re-
» jeter, elle vivoit dans l'incertitude la plus
» pénible. Sans religion, la vieillesse n'a plus
» d'avenir; ou du moins si elle en admet un,
» elle ne peut y jeter les yeux sans effroi:
» aussi madame du Deffant fit-elle sur la fin
» de sa vie des vers qui se terminent ainsi:

Quelques plaisirs dans la jeunesse,
Les soins dans la maternité,
Tous les malheurs dans la vieillesse,
Puis la peur de l'éternité.

» Madame du Deffant, mécontente, in-
» quiète, avoit une grande inégalité d'humeur;
» son âme abattue n'étoit susceptible ni d'un
» mouvement de joie, ni d'un sentiment vif;
» mais on trouvoit toujours de l'agrément
» dans son entretien, parce qu'il y avoit tou-
» jours du naturel. Sa maison fut pendant
» plus de vingt ans le rendez-vous de tous les
» gens de lettres les plus distingués par leurs
» talens et par leur célébrité. Elle rendit beau-
» coup de services à un très-grand nombre,
» et elle trouva parmi eux plus d'un ingrat.
» Madame du Deffant avoit recueilli chez elle
» une personne très-bien née, mais sans for-
» tune (mademoiselle de l'Espinasse), et qui
» bientôt supplanta sa bienfaitrice dans sa
» propre maison, s'y fit une société particu-
» lière qui préféroit chaque jour la chambre
» de mademoiselle de l'Espinasse au salon de
» madame du Deffant. Cette dernière, blessée
» de cet abandon, se plaignit : on répondit
» avec hauteur; la mésintelligence s'accrut et
» devint extrême. Enfin, mademoiselle de
» l'Espinasse, par les amis qu'elle s'étoit faits
» chez madame du Deffant, obtint une pen-
» sion du roi. C'étoit assurément une grâce
» fort extraordinaire, car elle n'étoit fondée

» sur aucune espèce de droit. Aussitôt made-
» moiselle de l'Espinasse abandonna sans retour
» celle qui lui avoit donné un asile. Elle forma
» une colonie de beaux-esprits, déserteurs
» de la maison de madame du Deffant : cette
» insurrection produisit une petite république
» littéraire, où l'on détestoit l'ancien chef,
» contre lequel on s'étoit révolté, et dont on
» avoit secoué le joug. Jamais les insurgés
» américains n'ont été plus animés contre sa
» majesté britannique, que ne l'étoit M. d'A-
» lembert (le Washington de cette révolte)
» contre madame du Deffant. »

*Ici je supprime une page et demie, où je ne parle que de mademoiselle de l'Espinasse.*

« Madame du Deffant eut le mérite de
» n'être point aigrie par tant d'ingratitude ;
» elle parloit de mademoiselle de l'Espinasse
» et de d'Alembert, avec une modération
» pleine de douceur et d'indulgence ; c'étoit,
» sans le vouloir, aggraver leurs torts.

» Madame du Deffant mourut en 1780,
» âgée de quatre-vingt-quatre ans ; il y en
» avoit trente qu'elle étoit aveugle. On a publié
» des lettres d'elle, qui font peu d'honneur à
» sa mémoire. Il est remarquable que toutes

» les correspondances des philosophes modernes, mises au jour depuis leur mort, soient également scandaleuses, odieuses et déshonorantes pour eux. Fausseté, méchanceté, duplicité, inconséquence, mauvaises mœurs, ambition et vanité démesurées, cabales, haine, basse envie, animosité, injustice, extravagance, etc.; toutes ces choses s'y trouvent prouvées et dévoilées de leur propre main. Telles sont la correspondance de M. *de Laharpe* avec le grand duc de Russie; les lettres de *Voltaire*, de *d'Alembert*, de *madame du Châtelet*, de *J. J. Rousseau*, de *mademoiselle de l'Espinasse*, de *madame du Deffant*, etc. Leurs plus grands ennemis, c'est-à-dire ceux qui leur ont porté les plus terribles coups, seront à jamais les éditeurs de leurs lettres et de leurs ouvrages posthumes (1). »

Je n'ai pas passé un mot qui fût relatif à madame du Deffant; cet article ne contient que des éloges et une justification des torts dont se plaignoient d'Alembert et mademoiselle de l'Espinasse; il est vrai que je dis que les lettres

(1) *Les Confessions* de Jean-Jacques; *la Religieuse*, *le Fataliste*, de M. Diderot, etc.

publiées sous le nom de madame du Deffant *font peu d'honneur à sa mémoire ;* et c'est assurément une expression bien adoucie, car ces lettres sont fort scandaleuses ; mais ce qui a déplu dans cet article, est la manière dont j'ose parler des lettres de Voltaire et de celles de d'Alembert.

Passons à madame Necker. Voici avec quelle injustice et quelle indécence j'ai parlé d'elle :

« Madame Necker, fille d'un ministre pro-
» testant, reçut l'éducation la plus soignée ;
» elle apprit le latin, et fit, avec fruit, des
» études sérieuses ; elle acquit une grande ins-
» truction ; elle avoit beaucoup d'esprit natu-
» rel, les plus nobles sentimens ; ses ouvrages,
» par le savoir et la pureté de la morale, font
» beaucoup d'honneur à ses instituteurs,
» mais sa conduite, qui fut toujours irrépro-
» chable et parfaite, les honore davantage
» encore.

» Elle épousa M. Necker, qui n'étoit alors
» que simple commis d'un banquier suisse.
» Quand M. Necker fut parvenu à la direction
» des finances de France, madame Necker ne
» se servit de son pouvoir que pour faire plus
» de bien. Elle contribua à l'amélioration du
» régime intérieur des hôpitaux, et elle diri-

» gea elle-même un hospice de charité, qu'elle
» établit à ses frais près de Paris. Elle eut
» tout ce qui caractérise la véritable vertu,
» des principes religieux, inébranlables, une
» grande élévation d'âme, une régularité de
» conduite et des mœurs au-dessus de tout
» soupçon, et une extrême indulgence. Elle
» fut bonne mère, amie fidèle, et la plus tendre,
» la meilleure des épouses. Cette femme, si
» digne d'estime et d'admiration, n'eut qu'un
» défaut; mais ce défaut troubla sa vie, y jeta
» à la fois du ridicule et de l'amertume, lui fit
» faire plusieurs inconséquences. Elle eut un
» goût trop passionné pour la littérature : tant
» il est vrai que le goût le plus innocent, et
» même le plus noble, quand il n'est pas ren-
» fermé dans de justes bornes, peut avoir les
» plus graves inconvéniens, surtout pour une
» femme. Cette passion, devenue dominante
» dans une personne qui avoit le sentiment de
» sa force, et qui se trouvoit avec raison si
» supérieure, par l'esprit et l'instruction, à
» toutes les autres femmes, lui inspira un ar-
» dent désir d'obtenir une grande célébrité, et
» pour elle et pour l'objet de sa plus vive af-
» fection, et dont la gloire devoit rejaillir sur
» elle. Ensuite, sa liaison intime avec M. Tho-

» mas donna à ses idées et à son style cette exa-
» gération, cette emphase qui ont fait dire si
» plaisamment à un excellent critique :

Quoi ! je ne puis trouver Condorcet ennuyeux,
Dorat impertinent, d'Alembert précieux,
Et Thomas assommant, quand sa lourde éloquence,
Souvent pour ne rien dire, ouvre une bouche immense !

Ne sont-ce pas là des *personnalités* bien odieuses ?... Mais *j'ai tourné en ridicule ses écrits ?* oui ; mais comment ? par de longues et fidèles citations. Il y a une grande différence entre *donner* un ridicule ou *citer* un ridicule. Qu'on juge du mérite d'un livre, lorsque les citations de l'exactitude la plus scrupuleuse de ce livre, paroissent, aux partisans et amis, des satires ! Cependant je ne connois que cette manière de critiquer, parce que celle-là seule est franche, positive et légitime. Le critique, dans ce cas, est un historien fidèle, qui ne blâme que sur des faits avérés, incontestables. Si j'ai fait une seule citation tronquée ; si, pour rendre une phrase plus ridicule, j'ai employé ces honteux artifices si communs, de supprimer des mots ou des lignes nécessaires au véritable sens, etc., qu'on indique ces supercheries. Celà est impossible : aussi n'ose-t-on pas m'en accuser, même vaguement. La colère n'en est que plus violente ; car il faut rappeler qu'un homme de lettres, un académicien, a fait publiquement l'éloge le plus pompeux et le plus emphatique de ces mêmes écrits..... En faisant un ouvrage sur les femmes auteurs, pouvois-je me dispenser de faire connoître leurs productions littéraires, et de les juger suivant mes lumières ? J'ai parlé des personnes avec tous les ménagemens, tous les égards dont il seroit possible de se dispenser pour ceux qui ne sont plus (comme le dit l'épigraphe du dictionnaire dont M. T. est l'un des collaborateurs) ; j'ai jugé les ouvrages avec une parfaite impartialité ; je n'ai jamais critiqué avec injustice, et j'ai même omis à dessein un grand nombre de critiques que j'aurois pu faire avec la même équité. Par exemple, je n'ai point parlé des *Premiers Souvenirs de madame Necker,* son plus mauvais ouvrage, rempli d'anecdotes fausses et mal contées, et de moqueries méprisantes sur ses propres amis, entr'autres sur M. le comte d'Albaret et sur madame Geoffrin mourante. Je n'ai rien cité de son *Discours contre le Divorce,* et c'étoit de ma part une grande marque de bienveillance ; mais j'ai respecté le sentiment vertueux qui lui fit écrire cet ouvrage. Enfin, toutes mes critiques n'ont eu pour objet que *des livres*. J'ai poussé aussi loin qu'il étoit possible le respect pour la conduite, les actions, les personnes ; mais il plaît à certains journalistes de confondre les personnes avec leurs ouvrages. Critiquer les livres est, dans leur langage, mal parler et déchirer les personnes : ainsi donc, si l'on dit qu'un livre ne vaut rien, c'est, selon eux, attaquer l'honneur de l'auteur. C'est apparemment d'après cette opinion que ces journalistes ont pris le parti plus doux, en composant leurs extraits critiques, de ne dire que des personnalités et de ne point parler des livres. Toutes ces inconséquences et toutes ces bizarreries, qui sont sans exemple, viennent de l'importance extrême qu'on attache à l'esprit. Prouver qu'un homme manque de délicatesse, de loyauté, de bonne foi, c'est une bagatelle ; mais prouver qu'un auteur manque de goût et d'esprit, c'est attaquer ce qu'il y a de plus respectable, de plus sacré ; c'est montrer une méchanceté noire. Tant d'indignation sur ce point semble déceler une *conscience* agitée, qui ne se trouve pas tout à fait irréprochable.

Pour jeter quelque défaveur sur ma critique des écrits de madame Necker, on insinue, dans un Journal (dont je parlerai tout à l'heure), que j'ai jadis été l'amie de madame Necker. Je n'ai jamais eu qu'une liaison très-superficielle avec cette personne célèbre; j'admirois ses vertus, son instruction, son esprit (elle n'étoit point encore auteur); elle m'écrivoit sur mes ouvrages les lettres les plus flatteuses; j'ignorois que ce fût là son style habituel avec tous les auteurs, quels qu'ils fussent.... D'ailleurs, je n'ai été, dans toute ma vie, que deux ou trois fois chez elle; je n'ai jamais demandé une seule grâce à M. Necker; j'ai eu pour lui un procédé honnête, celui de lui offrir le château de Sillery, lorsqu'il fut exilé à quarante lieues de Paris; il n'en profita pas, parce qu'il obtint la permission de se retirer à Saint-Ouen. Ce procédé méritoit peut-être une marque de souvenir; lorsque je fus à mon tour exilée, errante dans la Suisse, il ne me la donna point. Ainsi nulle considération particulière ne pouvoit m'empêcher de juger les ouvrages de madame Necker, comme ceux de toute autre femme auteur.

Des journalistes ont dit que j'avois fait de M. Necker un portrait injurieux.

Voici ce portrait :

« M. Necker fut un homme de beaucoup » d'esprit et d'un très-grand mérite ; il eut » non-seulement une probité parfaite, mais » un désintéressement admirable. Dans des » temps paisibles, il eût gouverné les finances » avec succès et gloire ; mais il n'avoit ni la » force d'âme, ni la prévoyance, ni le génie » que demandent des temps orageux pour ré- » parer de grandes fautes, et pour prévenir » de grands maux. Après cinq ans de repos, » de retraite, de réflexions ; après avoir désiré, » pendant tout ce temps, de reprendre la con- » duite des affaires, il rentra dans le ministère » sans avoir formé de plan, et sans autre des- » sein, pour sauver la France, que celui de » faire quelques petites réformes économiques. » Durant son premier ministère, l'éclat et la » pureté de ses vertus inspirèrent un juste en- » thousiasme ; mais au second, ses partisans » même furent obligés de convenir qu'il man- » quoit de caractère, et qu'il étoit absolument » dépourvu de génie : comme écrivain, il n'a » aucune espèce d'originalité ; il s'est appro- » prié, ainsi que madame Necker, le style, la » manière de M. Thomas, et il en a aussi fort » exagéré les défauts, et surtout le ton d'im-

» portance et la pompe en parlant de soi-
» même. Il y a, dans ses écrits, plutôt de belles
» phrases que de belles pensées (1); on n'y
» trouve ni ce plan, ni cet enchaînement d'i-
» dées; cette liaison, cette gradation qui,
» dans les bons ouvrages de morale, excitent
» la curiosité, soutiennent l'intérêt, et con-
» duisent le lecteur à la conviction. En louant
» ses intentions, en admirant ses vertus, il
» faut, pour l'honneur de notre littérature,
» avoir le courage de dire aux étrangers qu'on
» n'estime en France que les ouvrages qui
» sont écrits avec goût et clarté, pureté et na-
» turel, enfin d'après les principes dont nos
» grands maîtres nous ont laissé ces modèles
» parfaits, qui donnent à la gloire de notre
» littérature l'éclat, l'élévation, la solidité
» de celle que les Français ont acquise par
» les armes et par des triomphes de tout
» genre. »

Le journaliste qui trouve ce portrait injurieux (car louer les vertus, n'est rien du tout quand on refuse le génie), a prétendu que,

---

(1) « Il y a dans Pascal de belles pensées et non de » belles phrases; voilà la différence du génie au bel- » esprit ».

déchaînée contre toute la famille, j'attaque aussi indirectement madame de Staël. Le public a trouvé très-plaisant le rapprochement des louanges immodérées, données par madame Necker à M. Necker, et par M. Necker à madame Necker, et dans un ouvrage dont M. Necker est l'éditeur : je pouvois rendre ce morceau beaucoup plus piquant encore, en y joignant les éloges sans mesure donnés par madame de Staël à M. Necker, et par M. Necker à madame de Staël, dans un ouvrage dont madame de Staël est l'éditeur. Rien ne m'en empêchoit, car il est permis de dire son opinion sur tout ouvrage imprimé, et plus encore d'en citer des passages : je ne l'ai point fait. Il est vrai pourtant qu'à propos de toutes les louanges conjugales de M. et de madame Necker, j'ai parlé *indirectement* de madame de Staël, mais comme une amie en eût pu parler.

Voici ces passages :

« S'il n'est pas permis de faire son propre » éloge, on ne doit pas faire celui d'un autre » soi-même et dont on partage la gloire. De » quel poids peut être un éloge qui manque » nécessairement d'impartialité ? Le seul éloge » dans ce genre qui pourroit, non avoir de

» l'autorité, mais intéresser, seroit celui qu'ins-
» pireroit l'amour filial, car on excuse ou l'on
» tolère tout ce qui est produit par la recon-
» noissance ; et que ne permet-on pas à la seule
» affection humaine que l'on ait honorée du
» nom de piété ? D'ailleurs l'amour-propre,
» dans ce cas, ne sauroit être que relatif ; la
» gloire d'un père ou d'une mère ne peut que
» rejaillir sur leurs enfans : celle de deux époux
» leur est commune. Néanmoins, chez la na-
» tion qui a le tact le plus fin des bienséances ;
» chez celle qui en connoît le mieux toutes les
» nuances et toute la délicatesse, et dans un
» temps où l'on mettoit le plus de soin à les ob-
» server, l'auteur du beau poëme sur *la Reli-*
» *gion* n'a pas osé louer ouvertement son père ;
» et ce père étoit Racine ! Après avoir compté
» au nombre des preuves de l'immortalité de
» l'âme cette sublimité de talens à laquelle
» l'homme peut s'élever, après avoir désigné
» plusieurs grands hommes, il ajoute :

. . . . Et toi que je n'ose nommer ! . . . . . .
Vos esprits n'étoient-ils qu'étincelles légères ? etc.

» Combien cette pudeur filiale est respec-
» tueuse, noble et touchante ! combien elle fait
» plus d'effet que l'éloge le plus pompeux !

» avec quel plaisir le lecteur accorde à la mé-
» moire du grand Racine tous les hommages
» que son fils n'ose lui rendre, toutes les
» louanges dont sa modestie contraint l'expres-
» sion! tant il est vrai, comme on l'a dit dans
» cet ouvrage (1), que les sentimens retenus
» sont toujours ceux qui font la plus vive im-
» pression.

» Il faut observer que, dans le même cas, la
» modestie de bienséance est plus rigoureuse
» pour un fils que pour une fille mariée, puis-
» que, pour cette dernière, le nom illustre de
» son père ne seroit plus le sien, et que par
» conséquent elle auroit de moins un sujet
» personnel d'amour-propre. On a moins d'in-
» dulgence sur les louanges données aux en-
» fans par leurs parens; nos enfans sont notre
» ouvrage : louer leurs vertus et leurs talens,
» c'est nous vanter des soins que nous avons
» donnés à leur éducation, etc. Quand on ré-
» fléchit sur les bienséances, il est impossible
» de ne pas admirer le goût, la raison, la dé-
» licatesse d'esprit et de sentimens qui en ont
» tracé les lois. »

---

(1) Discours sur les Femmes.

Voilà ce qu'un journaliste appelle du déchaînement et de la méchanceté !

Il n'y a donc à me reprocher que d'avoir cité des passages excessivement ridicules, extraits des ouvrages de M. et de madame Necker. Tout ce que je puis répondre à cela, c'est que je ne les ai pas inventés ; et si de telles citations peuvent dégoûter entièrement les jeunes écrivains de l'affectation et de l'emphase, et les mettre en garde contre les tristes inspirations de l'orgueil, j'aurai rendu un grand service à la littérature. Cet exemple déplorable d'un mauvais goût si surprenant, est d'autant plus frappant, et peut devenir d'autant plus utile, qu'il est offert par deux personnes de beaucoup d'esprit et d'un mérite rare.

M. T. me fait un crime de n'avoir pas placé dans mon ouvrage madame du Châtelet. Je n'ai point dû y mettre une femme *géomètre*, j'étois hors d'état de la juger. Elle n'a point protégé les lettres, son amitié pour M. de Voltaire n'a point influé sur les ouvrages de cet écrivain. Il est vrai qu'on voit par ses lettres qu'elle passoit sa vie à cabaler pour lui, et à former des intrigues pour le faire applaudir ; mais je ne me suis point engagée à faire l'éloge de ce genre de protection. D'ailleurs, madame du Châtelet n'a fait, comme auteur, qu'un petit ouvrage de quelques pages sur le *bonheur*, et c'est par égard pour sa mémoire que je n'en ai pas fait mention ; elle y dit, par exemple, qu'une des choses qui contribue le plus au *bonheur*, est de bien digérer, ce qu'elle exprime en termes beaucoup moins délicats. C'est elle encore qui, dans une de ses lettres à Voltaire, dit : *Rousseau* ( le grand ) *est allé à Bruxelles faire de mauvaises odes*. Elle trouvoit sans doute les odes de Voltaire bien meilleures, et cela est tout simple.

M. T. me reproche encore de n'avoir pas parlé de madame Suard, dans mon article de madame de Maintenon. Comme je l'ai déjà remarqué, il a voulu dire apparemment que madame Suard n'auroit pas dû s'approprier le mérite d'avoir la premiere essayé de justifier madame de Maintenon de toutes les calomnies dont les philosophes du dernier siècle ont voulu noircir sa mémoire, puisque cinq ans avant madame Suard, j'ai fait un ouvrage sur ce sujet, ouvrage dont on a fait trois éditions en un an. En rendant compte de cet ouvrage, un journaliste dans le *Journal de l'Empire* s'exprime ainsi :

« Il étoit réservé à une femme de connoître

» le mérite tout entier de madame de Main-» tenon, et d'en faire le portrait le plus na-» turel, le plus vrai et le plus incroyable. » Pour en prendre l'idée que madame de » Genlis en a donnée dans son ouvrage, il » faudroit oser croire à la perfection de la » vertu ; et cette foi est aussi rare que la per-» fection même, parce qu'elle en est le plus » noble principe, etc. »

Ce mérite n'appartient donc nullement à madame Suard.

On a trouvé que l'article de madame de *Maintenon*, dans mon dernier ouvrage, contenoit la justification la plus complète, et que j'y avois fait entrer tout ce qu'il y a d'intéressant et de beau dans sa vie ; et cependant cet article n'est qu'un extrait de mon premier ouvrage sur le même sujet : je n'y ai pas ajouté un seul mot de plus, à l'exception de la digression sur *Télémaque*. Et l'ouvrage de madame Suard ne contient pas un seul fait de plus à la louange de madame de Maintenon. Madame Suard a même omis plusieurs traits intéressans que j'ai pris dans les mémoires manuscrits de Dangeau ; mon article de *Madame de Maintenon* est par conséquent beaucoup plus complet que le sien, quoiqu'infiniment moins volumineux; et je le répète, il a le mérite d'avoir été fait cinq ans avant le sien (1). Madame Suard pouvoit donc se dispenser de faire une compilation pour nous apprendre que madame de Maintenon étoit *une femme de vertu* (c'est une de ses expressions). J'avois prouvé de plus que madame de Maintenon étoit encore *une femme de raison, et une femme de sagesse et de bonté*. Madame Suard a donné à cette compilation le titre de *Madame de Maintenon peinte par elle-même*. Il y auroit un ouvrage beaucoup plus piquant à faire sous ce titre, et dont une multitude de volumes, de lettres, nous fourniroient les matériaux; ce seroit : *Les philosophes peints par eux-mêmes*. Qu'il seroit curieux de rassembler les couleurs bigarrées et les traits divers de cette peinture! Si madame

---

(1) Mon premier ouvrage sur madame de Maintenon est un roman; mais l'histoire y est fidèlement suivie, et tous les traits purement historiques sont indiqués par de petites notes au bas des pages. En outre, j'ai mis à la fin de l'ouvrage des notes historiques, longues et détaillées, qui renferment tous les traits que je n'ai point placés dans le roman, et les extraits des lettres les plus intéressantes de madame de Maintenon.

Suard, qui a connu tant d'académiciens du siècle dernier, et qui a recueilli là-dessus tant de mémoires précieux ne l'entreprend point, je sens que je ne résisterai pas au plaisir d'esquisser ce tableau, et de peindre ces hommes singuliers, qui ne furent pas des *hommes de vertu*; mais qui eurent certainement une grande influence sur leur siècle.

Jusqu'à ce moment, je n'ai jamais eu de rapport avec madame Suard que par un procédé auquel elle a paru être fort sensible.

Un journaliste, très-connu par des articles ingénieux et piquans, fit, il y a quelques années, l'éloge de mon voyage à Ferney (dans les *Souvenirs de Félicie*), mis en opposition, pour le style et la manière de conter, avec le même voyage, fait par madame Suard. J'eus le bon caractère de m'en fâcher, et de prendre le parti de madame Suard avec une vivacité qui me fit perdre la bienveillance d'un homme de lettres dont j'estime également le talent et la personne. Il me semble que ce trait méritoit de la part de madame Suard un petit souvenir et une petite politesse d'auteur. Au lieu de cela, elle ne fait pas mention de moi dans son ouvrage; cependant, fidèle à la loi que je me suis imposée de ne jamais relever les injustices qui ne blesseroient que l'amour-propre d'auteur, je ne me plaignis point. Mais aujourd'hui le reproche étrange d'un de ses amis me force à répondre; et si cette réponse lui déplaît, elle ne doit s'en prendre qu'à l'adresse de M. T., dont toutes les censures m'obligent à conter à mon avantage des choses dont je n'aurois jamais parlé sans l'injustice bizarre de ses accusations.

Il est une dernière accusation de M. T., qui, malgré moi, va produire une explication plus sérieuse, et qui pourroit le devenir davantage, si jamais on la renouvelle. Par égard, j'y mettrai ici quelque mystère; mais si l'on désire une entière clarté, j'y gagnerai dans l'opinion publique, et je suis prête à m'expliquer ouvertement. M. T., dans une phrase très-entortillée, fait entendre, dans son premier article, que j'ai dû travailler à la *Biographie universelle*, et qu'il y a de ma part un mauvais procédé à avoir donné un ouvrage composé des articles qui auroient dû entrer dans ce dictionnaire. De plus, par la manière ambiguë dont l'article de M. T. est tourné, on pourroit soupçonner que je n'avois pas tout à fait le droit de faire imprimer à part ces articles.

Voici ce que je puis dire de positif sans compromettre qui que ce soit.

Ne voyant point de gens de lettres, j'ignorois absolument qu'il fût question de refaire le dictionnaire de MM. Chaudon et de Landine, dont on préparoit une neuvième édition, lorsque je reçus ce billet signé (1) :

« J'aurai l'honneur d'aller vous voir au pre-
» mier jour, mais je voudrois d'avance un
» mot de vous qui me donneroit une grande
» joie. Consentez à concourir à une entreprise
» à laquelle je prends et j'ai un grand intérêt :
» c'est un nouveau dictionnaire historique.
» Daignez promettre une centaine d'articles,
» par exemple toutes les femmes célèbres ;
» vous y mettrez le prix que vous voudrez.
» Recevez l'hommage du plus respectueux
» dévouement.

» Daignez me faire écrire que vous voulez
» bien. »

*******

Ce premier billet, écrit il y a plus de deux ans et demi, prouve que je n'avois fait aucune espèce de démarche pour entrer dans cette

(1) Je supprime la signature ; mais quand on voudra, je la donnerai, ainsi que quatre autres lettres signées sur cette affaire, et qui en expliquent tous les détails.

entréprise, et que j'ai été prévenue de manière à me donner lieu de croire que l'on attachoit quelque prix à mon consentement. Après avoir reçu *trois* autres lettres, et après quelques entrevues, j'acceptai et je m'engageai. Je travaillai sans relâche pendant plusieurs mois, car on me pressoit beaucoup ; ensuite les raisons les plus légitimes annulèrent *de fait* mon engagement, c'est-à-dire me donnèrent le droit de me retirer, et j'en profitai. Tout ce que je puis dire ici, c'est qu'il ne fut nullement question d'intérêts pécuniaires, qui furent tout à fait étrangers à ma décision et à cette affaire. Dans tout ceci, je ne veux accuser personne ; mais j'affirme, comme une vérité positive dont j'ai toutes les preuves entre les mains, que loin d'avoir eu le plus léger tort, ma conduite a été telle que tout autre à ma place, pour s'en vanter et la mettre au jour, saisiroit peut-être avec empressement le prétexte qu'on m'offre aujourd'hui : mais il est des égards dont je ne me dispenserai jamais qu'à la dernière extrémité.

N'ayant pas voulu perdre un travail qui m'avoit uniquement occupé pendant cinq mois, j'étendis un peu quelques articles, et j'en fis un ouvrage à part; et voilà ce qui, joint à ma renonciation à l'entreprise (qui avoit déjà excité beaucoup d'animosité contre moi), porte au comble la malveillance d'un grand nombre de journalistes contre mon dernier ouvrage; car tous les journalistes sont les collaborateurs de la *Biographie universelle*, ou les amis des gens de lettres associés pour cette entreprise. Si je n'eusse pas renoncé à travailler à ce dictionnaire, j'aurois trouvé dans mes *collègues* de la politesse, des égards, et pour le moins une sorte de justice. Je savois tout cela; mais jamais de telles considérations n'ont influé sur mes démarches et sur ma conduite. Pourquoi ce déchaînement contre mes *femmes célèbres?* Si ces articles ne valent rien, ils ne sont pas regrettables; s'ils sont bons, on les pillera sans me citer: cette marche est si connue!

M. T. termine son second article par un trait de galanterie auquel je ne m'attendois pas. Il me compare à Vénus; il est vrai que c'est pour se comparer à Diomède, ce qui n'est pas moins surprenant. Il me demande si, en donnant mon dernier ouvrage, je n'ai pas craint d'être *blessée par quelque Diomède* (1); non, je ne le crains point. Aujour-

(1) On sait que, dans l'*Iliade*, Vénus dans un combat est blessée par Diomède.

d'hui *les Diomèdes* de la littérature sont, comme l'ancien *Diomède* grec, engagés bien franchement dans la *bonne cause;* ils ne me *blesseront* jamais, parce que, loin de songer à les attaquer, j'admire du fond de l'âme leurs talens supérieurs, et le noble usage auquel ils les consacrent.

Quant à mes ennemis, MM. T. et Nl. me permettront de dire qu'ils ne sont et ne seront jamais des Diomèdes.

Il me reste à examiner si j'ai parlé de madame Cotin d'une manière injuste et outrageante. Voici ce que je dis d'elle dans mon ouvrage sur les femmes :

« Madame Cotin, en la jugeant d'après ses » ouvrages, étoit née avec une âme sensible, » élevée, un esprit juste et une raison supé- » rieure. Si rien n'eût combattu ces grandes » qualités, si elle en eût suivi la pente natu- » relle, aucune des taches qui déparent ses » romans ne s'y trouveroit. On sent, en la li- » sant, que ces défauts ne peuvent lui appar- » tenir : le véritable esprit est toujours uni à » la raison; des idées étrangères, des exemples » corrupteurs peuvent l'égarer, mais il revient » sans effort à la vérité, chaque réflexion l'y » ramène; c'est avec ravissement qu'il la dé-

» couvre; elle le met à l'aise, elle accorde
» toutes ses pensées, elle lui épargne les vaines
» subtilités qu'il faut employer pour déguiser
» les contradictions de l'erreur, elle développe
» ses facultés, elle perfectionne toutes ses pro-
» ductions.

» Madame Cotin composa malheureusement
» son premier ouvrage à Paris, vers la fin du
» règne de Robespierre, c'est-à-dire dans un
» temps où les tyrans avoient proscrit le bon
» goût ainsi que les bonnes mœurs, dans un
» temps où tout fut détruit ou métamorphosé.
» On créa un autre langage, une autre poé-
» tique, une autre morale : l'amour même ne
» fut pas épargné; on en fit un dieu digne
» d'être adoré sous *l'empire de la terreur;*
» un dieu féroce, qui n'inspiroit que des em-
» portemens frénétiques, et qui commandoit
» toujours le meurtre et le suicide. Les écri-
» vains, dans un style barbare, dénaturèrent
» tous les mouvemens de l'âme; leurs plumes
» de fer, trempées dans du sang, ne tra-
» cèrent plus que de fausses, d'effrayantes
» peintures : la démence usurpa le nom de la
» sensibilité; la douce et vague mélancolie ne
» fut plus qu'une sombre fureur et qu'un
» désespoir impie.

» Au milieu de ce bouleversement universel, » madame Cotin, très-jeune encore, fut ex» cusable de prendre (dans ce moment) la » manière d'écrire à la mode : cependant, loin » de l'exagérer, elle en adoucit le ridicule ; » mais ce fut elle qui composa le premier ro» man dans *le genre passionné.* »

Est-ce là parler avec animosité de madame Cotin ? et l'amitié pourroit-elle l'excuser mieux d'avoir eu le malheur d'écrire le roman le plus scandaleux et le plus licencieux, et avec le style le plus ridicule ?

Après avoir donné le plan et fait beaucoup de citations de cet ouvrage, je continue ainsi :

« Voilà ce qui compose *Claire d'Albe,* » premier modèle dans ce genre, etc....

» Que dire de ceux qui, n'étant point éga» rés par leur propre imagination, c'est-à» dire n'inventant rien, ont eu le double mau» vais goût d'admirer de telles choses et de les » imiter (1) ? C'est ici où l'on doit reconnoître

(1) « Les Allemands ne peuvent pas s'attribuer l'hon» neur d'avoir créé ce genre, ils n'ont inventé que le » galimatias mélancolique, suivi du suicide ; mais ils ont » représenté les femmes nobles et modestes, leurs hé» roïnes n'ont rien de commun avec *Claire d'Albe* et » ses imitatrices. »

» la supériorité de l'esprit de madame Cotin.
» Son roman eut un grand succès, nulle critique ne l'avertit de la monstruosité de cet ouvrage : elle ne fut point enivrée de tant de louanges, toujours si séduisantes quand on débute. Elle ne se pressa point de donner un second ouvrage; elle réfléchit, se jugea et quitta la fausse route qu'elle s'étoit frayée, sans contradictions, sans aucune censure. Se corriger soi-même au milieu d'un triomphe, est un trait de caractère qui prouve autant de profondeur, de discernement que de force d'âme. »

Est-ce là le ton de la haine? est-ce là manquer d'égards pour la personne de l'auteur? Il est vrai qu'en parlant du dénoûment de *Claire d'Albe*, dont rien n'égale l'indécence et l'impiété, je dis :

« Il faut s'arrêter...... Non-seulement une » femme, mais un homme, qui auroit quelque » respect pour le public, n'oseroit transcrire » la page infâme et dégoûtante qui suit ce » discours, dont l'extravagance et l'impiété » font toute l'énergie..... Conçoit-on qu'une » femme expirante, faisant sa dernière prière » sur les cendres d'un père révéré, soit capable, dans cet instant, de souiller la vie

» qu'elle va quitter; et de profaner la mort, » en se livrant aux emportemens féroces d'un » frénétique? Conçoit-on mieux qu'un amant, » mourant lui-même, puisse éprouver ces ter» ribles transports, en revoyant sa maîtresse » sur le bord de la tombe? Mais ce qu'il y a » de plus incompréhensible, c'est que ce récit » (qui n'est plus en lettres) est tiré d'un ma» nuscrit, écrit, après la mort de Claire, par » son amie, la sage et prudente Élise, qui a » décrit cette scène pour l'*instruction* de la » jeune Laure, fille de Claire, afin de la lui » faire lire un jour, quand elle sera sortie de » l'enfance. »

Un journaliste m'a beaucoup reproché d'avoir dit *la page infâme et dégoûtante*, etc.; j'aurois dû dire *les pages*, car il y en a deux de suite dans ce genre, les pages 266 et 267. Si j'avois pu trouver une expression plus forte, je l'aurois employée : il est permis d'adoucir l'expression d'un jugement porté sur des choses de pure littérature; mais en morale tout est absolu, tout est positif; les expressions adoucies sont corruptrices. Dans ce cas, les ménagemens de la politesse sont une sorte de complicité; il faut ou se taire, ou parler sans détour. Rien ne m'obligeoit à pallier les torts d'auteur de madame Cotin, et cependant je l'ai fait; tout me prescrivoit de ne point dissimuler le danger, le scandale et l'immoralité de cette indigne production. Qu'on lise ces pages 266 et 267, *troisième édition*, et que l'on songe que ces pages ont été écrites pour l'*instruction* d'une jeune personne, et par une femme *remplie de sagesse et de vertu*, et l'on verra qu'on n'a jamais poussé aussi loin le manque de pudeur et l'extravagance.

Pourquoi aucun journaliste n'a-t-il été choqué de la manière étrange dont madame Cotin a, de gaîté de cœur, dans son roman de *Malvina*, attaqué toutes les femmes auteurs? car c'est leur caractère et leur conduite qu'elle attaque. Elle dit, dans ce roman, que *se faire imprimer, est pour les femmes un tort et un ridicule; qu'une femme qui se jette dans cette carrière ne sera jamais qu'une pédante; qu'il semble que le temps qu'elle donne au public soit toujours pris sur ses devoirs.*

Ce morceau, fort extraordinaire puisqu'il est d'une femme qui a passé sa vie entière à écrire des romans, est terminé par une satire, beaucoup plus dure encore, *des femmes qui ont écrit sur l'éducation*. Si j'avois eu le malheur d'écrire de telles choses, quels cris on auroit faits sur mon *inconséquence, sur mon envie secrète, sur ma méchanceté!* et l'on auroit eu raison. Mais il est convenu, parmi les journalistes en général, que l'on aura une indulgence sans bornes pour certaines personnes, et qu'en même temps on aura constamment avec quelques autres une injustice sans art, sans ménagement et sans pudeur. Cette convention produit des extraits d'ouvrages bien fidèles et des jugemens bien judicieux! Il est vrai que le public n'en est plus la dupe, parce que les préférences exclusives et les inimitiés sont parfaitement connues. Par exemple, toutes les fois qu'à l'avenir on verra, sur mes ouvrages, des articles signés T., dans le *Journal de l'Empire*, on sera sûr d'avance d'y trouver la malveillance et l'animosité le moins adroitement déguisées; d'autant plus qu'il est à croire que cette réponse n'adoucira pas en ma faveur les dispositions de MM. T. et Nl., etc.; ils ont montré beaucoup de haine contre moi avant que j'eusse écrit un seul mot qui ait pu les offenser: que sera-ce donc désormais?.....

Voici comment je parle des ouvrages qui honorent véritablement la mémoire de madame Cotin :

« *Mathilde* est le meilleur ouvrage de ma-
» dame Cotin : on y rencontre des réminiscences
» et plusieurs imitations d'autres romans ; mais
» on y trouve aussi des scènes délicieuses, des
» sentimens nobles, délicats, généreux, et des
» beautés de détail, qui placent cet ouvrage au
» rang des meilleures productions en ce genre.
» Il est en général (à l'exception d'un petit
» nombre de phrases) bien écrit, avec goût et
» pureté. *Elisabeth* ou *les Exilés de Sibérie*
» doit encore ajouter à la réputation de l'auteur ;
» les sentimens les plus purs, l'amour maternel,
» l'amour filial y sont exprimés d'une manière
» touchante. Cependant l'esprit trop souvent
» y remplace la sensibilité, et de trop jolies
» phrases, trop multipliées, affoiblissent l'in-
» térêt, ôtent du naturel, et jettent de la froi-
» deur sur l'ensemble de ce petit ouvrage, dont
» on ne peut trop admirer les nobles sentimens
» et l'excellente morale. Le début de ce roman
» commence par une description des déserts de
» la Sibérie. Cette description est de la plus
» grande beauté ; elle a un ton sévère parfaite-
» ment assorti au sujet. L'auteur est véritable-
» ment original dans ce beau morceau ; il n'em-

» ploie aucun ornement superflu, aucune ex-
» pression pompeuse ; tout est simple, mais
» grand et d'une telle vérité, que l'on croiroit
» que le tableau est fait d'après nature. On peut
» donner les mêmes éloges à toutes les descrip-
» tions contenues dans ce roman, entr'autres
» à celle d'une tempête dans une forêt : toute
» cette partie descriptive est admirable.

» Madame Cotin manquoit d'invention et
» d'imagination ; elle a trop souvent emprunté
» les idées des autres ; mais elle avoit de la sen-
» sibilité, de la délicatesse et le talent de pein-
» dre. Comme il est plus facile, avec une belle
» âme et beaucoup d'esprit, de renoncer à des
» erreurs dangereuses, que de corriger un
» style déjà formé, madame Cotin, en épu-
» rant sa manière d'écrire, a néanmoins tou-
» jours conservé trop de recherche et de pré-
» tention ; on ne trouve que dans son pre-
» mier ouvrage des phrases ridicules, mais on
» en rencontre beaucoup dans les autres que
» le goût voudroit réformer, parce qu'elles
» manquent de naturel et de vérité. »

Ainsi non-seulement j'ai rendu toute justice aux ouvrages de madame Cotin, mais j'ai pris le soin de la justifier autant qu'il étoit possible, et avec une bonne foi dont je fais juges tous les lecteurs, du tort si grave d'avoir commencé sa carrière littéraire par un ouvrage monstrueux à tous égards ; je ne l'ai critiqué que par des citations, tirées de *Claire d'Albe* et d'*Amélie de Mansfield.* Il est vrai que cette critique est foudroyante, parce qu'il est impossible de la réfuter, et que ces citations offrent tout ce qu'on peut imaginer de plus révoltant et de plus ridicule. Est-ce ma faute ou celle de l'auteur ? J'ai même eu pour elle un égard que je ne lui devois nullement. Je n'ai point dit qu'elle a fait, *sept ans* après le règne de la terreur, une nouvelle édition de *Claire d'Albe* sans y changer, sans en *supprimer* un seul mot, ce qui est assurément inexcusable. L'édition de 1800, imprimée chez MM. Michaud, est entièrement semblable à la première ; l'auteur n'en a même pas supprimé le ridicule avertissement, dans lequel elle dit :

« Le public fera bien de dire du mal de mon
» ouvrage s'il l'ennuie ; mais s'il m'ennuyoit
» encore plus de le corriger, j'ai bien fait de
» le laisser tel qu'il est. »

Comme je l'ai remarqué ailleurs, ce n'est là ni un bon style, ni un bon ton. Comment les amis de madame Cotin, qui imprimoient ses ou-

ouvrages, ne lui apprenoient - ils pas qu'on ne parle point ainsi au public?

M. T., dans son troisième article, dont l'insipidité surpasse s'il est possible la mauvaise foi, répète ce qu'il avoit déjà dit dans ses deux premiers; car, pour cette fois, il n'a pu copier la Gazette, beaucoup plus expéditive que lui. M. T. ajoute seulement que, puisque j'ai fait le portrait d'*Armoflède*, je ne devrois pas me scandaliser de celui de *Claire d'Albe*. Je l'invite à citer dans le *Journal de l'Empire*, ou dans la *Biographie universelle*, la page à son gré la plus *indécente* tirée de mes ouvrages, mise en regard avec les deux pages 266 et 267 de *Claire d'Albe*, ou avec la lettre d'*Amélie de Mansfield*, que j'ai indiquée dans mon ouvrage. Je n'ai jamais écrit une page ou une phrase qui puisse déshonorer un livre; et quand j'ai peint le vice, je l'ai peint sous ses véritables couleurs, vil, odieux, haïssable et puni. Claire d'Albe est une femme adultère et sans pudeur, que l'auteur s'efforce de présenter sous les traits d'une créature *plus qu'angélique;* une femme qui ne cherche même pas dans son cœur l'excuse de son égarement, et qui dit que *ses sens l'ont trahie*. Que l'on cite d'un seul de mes ouvrages un seul trait d'immoralité. Richardson a-t-il blessé la morale, en traçant le portrait de Lovelace, et même en plaçant tant de scènes sublimes dans un lieu infâme? Le caractère de Lovelace est peint avec un talent auquel on ne peut comparer que celui de l'auteur qui créa le rôle de *dom Juan* (dans la pièce de Molière), le premier et le plus profond de tous les séducteurs; mais j'ose dire que le caractère d'Armoflède est d'un effet plus moral. On n'a vu que trop de jeunes gens se piquer d'imiter don Juan et Lovelace; quelle femme pourroit désirer d'être comparée à Armoflède! J'ai voulu dans ce caractère déshonorer la coquetterie dont on a tort de se défier moins que des passions (1); j'ai atteint ce but, et je m'en applaudis.

Il faut que j'apprenne à M. T. qu'il n'y a point d'indécence à peindre la licence d'une femme perverse, quand on ne se permet nullement de *certains détails* qui se trouvent sans aucun voile dans *Claire d'Albe* et dans *Amélie de Mansfield*, et quand d'ailleurs on n'emploie que les expressions les plus délicates. Richardson a fait parler des filles pu-

(1) En effet, une extrême coquetterie dessèche la sensibilité et corrompt les mœurs, et avec un mauvais cœur elle conduit par degrés à la perversité.

bliques dans un lieu infâme; leur licence y est parfaitement représentée et fait horreur, et ces tableaux n'ont rien de révoltant, parce que tout ce qui pourroit l'être ne s'y trouve point. Mais ce qui est très-révoltant et très-indécent, c'est, par exemple, qu'un journaliste ose faire entendre, dans un *feuilleton*, que *les petites loges du ceintre* d'un spectacle national sont des lieux de débauche. Quand on auroit la certitude d'une telle chose (ce qui est impossible), il faudroit, par respect pour sa nation et pour ses abonnés, ne pas publier cette infamie, surtout dans un journal qui passe dans les pays étrangers; car de semblables traits n'y doivent pas donner une idée bien avantageuse de nos mœurs et de notre décence. Mais ce prétendu désordre n'existe que dans l'imagination de M. T. (1).

---

(1) *Journal de l'Empire*, 31 mai de cette année, article *signé* T. C'est dans ce même article que M. T. dit que le public *s'amuse toujours beaucoup de ce qui doit beaucoup désoler quelqu'un.* C'est apparemment pourquoi M. T. a fait tous ses efforts pour me *désoler beaucoup.* S'il n'a pu réussir à me *désespérer un peu*, du moins on est toujours sûr d'amuser le public quand on écrit ainsi. C'est encore dans ce même article, si remarquable par le style et le bon goût des expressions, que l'auteur, en critiquant un comédien, dit qu'*il étoit fort estomaqué*; et qu'il s'écrie dans un autre endroit: *Où la louange va-*

M. T., qui avoit réservé toute son éloquence pour son troisième article contre moi, fait l'éloge, non des ouvrages de madame Cotin (car il ne s'occupe jamais que des personnes), mais de son caractère. Il nous assure qu'elle gémissoit continuellement de sa célébrité, et que tous ses amis savent qu'elle en étoit inconsolable ; il ajoute qu'il est sûr que *son ombre se réjouit* de mes critiques. C'est là le dernier coup que me réservoit M. T., et ce qui termine ses trois longs articles. J'ignore si dans l'autre monde on se *réjouit* de nos discussions littéraires; mais certainement si madame Cotin existoit, de tels éloges ne réjouiroient pas une personne aussi spirituelle.

Je conseille à M. T. d'afficher à l'avenir moins de haine et d'injustice lorsqu'il voudra *désoler beaucoup quelqu'un;* c'est montrer une malveillance trop maladroite, et de plus, c'est se moquer du public, lorsqu'on lui rend compte d'un livre dont il attend l'extrait, de se borner à déclamer contre le *mauvais*

---

*t-elle se fourrer?* Ces nobles expressions me rappellent que j'ai lu dans *le Mercure* cette phrase : *Des gens de même farine*, pour dire *des gens du même parti.* Et voilà le goût, le ton et le style d'un grand nombre de gens de lettres qui s'érigent en *juges suprêmes* de la littérature!

*caractère* de l'auteur, dans trois articles mortellement longs, et de ne pas donner la moindre idée du livre et des principaux articles qui le composent; enfin de ne pas dire un mot de ce que cet ouvrage peut contenir de bon, car il y a toujours quelque petite chose à louer dans le plus mauvais livre. Le critique le plus malveillant, avec un peu d'esprit, s'acquitte sans inconvénient de ce petit devoir de bienséance; il loue foiblement, et surtout il ne loue pas ce qu'il y a de meilleur, afin de ne pas citer les traits qui obtiendroient l'approbation générale: l'auteur, alors, n'a pas le droit de se plaindre, il ne répond rien; et M. T. ne trouve-t-il pas, toute réflexion faite, que cela vaudroit mieux?

Il y a dans mon dernier ouvrage une citation qui a charmé tout le monde, et que M. T. ne devoit pas passer sous silence. C'est le portrait du *Magnanime*, fait par mademoiselle Scudéri. Ce beau portrait n'est pas de moi; mais j'ai le mérite de l'avoir fait connoître, et d'en avoir la première saisi l'heureuse et frappante application, et c'est pourquoi M. T. n'en a point parlé.

Je ne puis terminer cet écrit sans répondre encore à une critique anonyme très-injuste, mais dont le ton, fort différent du ton sec et dogmatique de M. T., n'a rien d'amer. On sent que cet article a été composé *par complaisance*, et qu'il n'est point dicté par la haine. Cette critique n'a fait aucun bruit, parce qu'elle se trouve dans un journal où tout ce qu'on écrit est dans un parfait *incognito*. Par exemple, personne ne sait que, depuis quatre ou cinq ans, M. T. s'amusoit à me critiquer sans cesse dans le *Mercure :* comme j'ai donné, il y a quelques années, plusieurs nouvelles dans ce journal, on me l'envoie toujours par courtoisie, et c'est un ouvrage si peu connu, même en France, que je le lis avec curiosité; il me semble que c'est un manuscrit qu'on me confie. Tout devroit être pur et vrai dans ce journal, écrit à l'ombre et dans la paix profonde d'une solitude absolue. Les auteurs ne rendent compte qu'à Dieu de leurs travaux, et n'ont rien à craindre du public, *qui est pour eux comme s'il n'étoit pas*. M. T. s'est lassé de cette douce obscurité; il a quitté le *Mercure*, et le voilà l'un des collaborateurs du *Journal de l'Empire :* c'est sortir de la Thébaïde pour aller s'élancer dans le dangereux tourbillon du grand monde. Mais il ne suffit pas de se jeter au milieu *des mondains* pour se mettre au rang de ceux qui sont parfaitement établis dans le monde. Rien de plus facile que d'inscrire une lettre initiale dans un journal ; mais jamais l'assoupissante lettre *T* ne produira, sur les lecteurs, l'effet sûr et constant du nom qui réveille toujours (*Geoffroy*), et de celui de l'ingénieux littérateur et savant géographe, qui sait également instruire et plaire ; et des lettres *Y.*, *A.*, etc. Enfin M. T. est déjà remplacé dans l'humble asile qu'il abandonne; un nouveau père du désert vient de s'y ensevelir, et se charge de l'emploi de m'y parler de mes ouvrages ; car ces censures discrètes et mystérieuses se font entre nous, et ne seroient jamais connues si je n'avois pas l'humilité de les révéler.

Le censeur a de l'esprit ; il n'y a pas le moindre fiel dans son style, et il me fait les reproches les plus dépourvus de raison ; il est ingénieux dans ses éloges, et il est tellement maladroit dans ses injustices, qu'il semble l'être à dessein. Je commencerai par lui dire que je ne le regarde nullement comme un ennemi, et qu'en cela je serois fâchée de m'abuser.

Voici ses reproches :

1°. Qu'il est étrange de trouver ennuyeux les romans de l'abbé Prévôt.

Qu'on les relise si l'on peut.

2°. Que j'ai dit que *Gilblas n'étoit pas précisément un roman.*

Je n'ai pas du tout dit cela, et j'ai donné à cet excellent ouvrage toutes les louanges qui lui sont dues.

3°. Que je n'ai loué les femmes les plus célèbres que pour me louer mieux moi-même, à la vérité indirectement, mais que partout on voit le dessein de m'élever au-dessus de toutes. Par exemple, puisque je dis que mademoiselle de Scudéri, dans ses romans historiques, n'a peint ni les mœurs du temps, ni les caractères connus des personnages, il est clair que je veux dire que mes romans historiques valent mieux que les siens.

Comment me fâcherois-je de cette critique? Celui qui me suppose cette idée, pense donc que j'ai peint les mœurs et les caractères ?

Puisque j'ai dit que madame de la Fayette écrit avec peu de soin et peu d'élégance, il est évident que je me place au-dessus d'elle.

Le censeur trouve donc que j'écris *avec élégance.*

Il faut convenir que ces critiques-là ne sont pas mordantes.

Le censeur dit encore que, lorsque je condamne l'immoralité et l'indécence de *Claire d'Albe* et d'*Amélie de Mansfield*, j'ai encore le dessein de me placer au-dessus de madame Cotin. Ici même remercîment à lui faire; mais dans tout ceci, il s'agit avant tout de savoir si mes critiques sont fondées; et si elles le sont, j'ai dû les faire.

D'ailleurs, il y a une très-bonne morale dans *Mathilde* et dans *Elisabeth* de Sibérie, de madame Cotin, et j'ai loué avec effusion ces deux ouvrages.

En quoi aurois-je pu songer à me faire valoir dans l'article de madame de Sévigné?

Est-ce pour me faire valoir que j'ai dit de madame de la Fayette ce qui suit :

« *La Princesse de Clèves* étoit à cette époque un ouvrage sans modèle et tout à fait » original; c'est le premier roman français où » l'on ait trouvé des sentimens toujours na- » turels et des peintures vraies. Ce mérite » éminent élèvera toujours madame de la » Fayette au-dessus de tous les romanciers » français, hommes et femmes. »

Est-ce pour *m'élever adroitement au-dessus de madame de la Fayette* que j'ai porté ce jugement?

Est-ce avec cette même intention que j'ai dit de madame Deshoulières :

« Il y a dans ses idylles une harmonie, » une facilité, une douceur que Fontenelle » et la Mothe ont vainement tâché d'imiter : » on trouve aussi dans ses poésies un grand » nombre de belles pensées.

» Elle est la seule femme dont les œuvres » offrent une foule d'excellens vers passés en » proverbes. »

Est-ce encore pour me faire valoir indirectement que j'ai dit de madame de Graffigny :

« Peu d'années après, elle donna un ou» vrage qui réunit tous les suffrages, elle » fit paroître *les Lettres Péruviennes*, ro» man charmant, digne de sa réputation, et » le premier ouvrage de femme écrit avec » élégance. Ces lettres, dont le style a tant » de douceur et d'harmonie, sont remplies » de pensées délicates, exprimées avec grâce » et sensibilité, et d'idées ingénieuses..... » L'auteur, dans ce même ouvrage, a tracé » avec autant de charme que de vérité quel» ques scènes du grand monde. Ces lettres » si justement célèbres sont traduites dans » toutes les langues.

» Madame de Graffigny donna ensuite l'in» téressante comédie intitulée *Cénie*, qui eut » le même succès. Madame de Graffigny est

» la seule femme qui ait fait une pièce en » cinq actes qui soit restée au théâtre. »

J'ai rendu la même justice aux talens supérieurs de madame Riccoboni; on trouvera dans tous mes ouvrages la même équité, la même franchise. Mais le déchaînement des journalistes contre moi ne m'étonne point, je l'avois prévu, et j'avoue qu'il ne me faut nulle force d'esprit pour le mépriser. Quand les satires sont écrites avec esprit, que le lecteur peut s'amuser en les lisant, il est possible de les craindre; mais qui pourroit redouter celles de MM. T. et Nl.? Il est certain que, pour débuter dans le *Journal de l'Empire*, de manière à s'y faire un peu remarquer, un moyen, sinon ingénieux (car il est fréquemment employé.), du moins assez sûr, étoit d'attaquer un auteur connu, et dont le public accueille avec bonté depuis plus de trente ans les ouvrages. L'idée étoit bonne; mais pour l'exécuter, il falloit avoir le talent de ce genre. Aucune partie du public ne peut tolérer un critique qui a le malheur d'être à la fois lourd, insipide et méchant. Quel triste et funeste présage pour les articles que M. T. a placés dans la *Biographie universelle*!

Pour moi, je conviens que jadis j'eus besoin

de courage, lorsqu'après le début le plus heureux, après avoir donné le *Théâtre d'éducation*, après avoir recueilli tant de louanges, sans aucun mélange de critique et de malveillance, et si jeune encore, j'osai, dans mon second ouvrage (*Adèle et Théodore*), m'élever avec tant de force contre la fausse philosophie, toute-puissante alors. Ce parti, anéanti aujourd'hui, étoit soutenu dans ce temps par de grands talens, et surtout par de grandes réputations fort déchues de nos jours; Laharpe, Marmontel, d'Alembert, Condorcet et Diderot existoient (1). L'*Encyclopédie*, tombée maintenant dans la poussière, étoit vivante encore. Cependant je sacrifiai à l'amour de la vérité tous les intérêts de l'amour-propre, car je ne m'abusai point sur la haine et les ressentimens que j'allois exciter. J'ai tracé dans ce même ouvrage tout ce que la mauvaise foi et la méchanceté feroient éprouver à l'auteur qui, s'engageant dans cette noble route, la suivroit sans jamais s'en écarter (2). J'ai tout prévu, et la prévoyance ne m'a ôté ni le courage ni la persévérance. Il est vrai que je voyois, au milieu de

(1) Diderot n'est mort qu'en 1784.

(2) *Voyez* dans *Adèle* et *Théodore* les lettres de M. de *Lagaraie* à *Porphire*.

ces orages, un prix glorieux qui dédommage de tout, l'estime du public. Après la publication d'*Adèle et Théodore*, on dit alors, mais avec un peu plus d'art et d'esprit, ce que M. T. répète aujourd'hui, que j'avois un *orgueil démesuré*. Parler sur l'éducation après Jean-Jacques, dire que les systêmes de J. J. sont impraticables (en rendant justice entière à ses éminens talens), quelle présomption! quelle envie secrète!.... Attaquer l'impiété, quelle hypocrisie! Une *femme* oser médire de la fausse philosophie, et soutenir la cause de la morale et des bonnes mœurs, quelle audace!.... Quand je donnai le conte des *deux Réputations*, le scandale fut bien plus grand. Une femme raisonner sur la littérature, quelles *prétentions!* une femme qui prouve que les contes de M. Marmontel ne sont pas moraux, et que M. Marmontel (un philosophe et un académicien) a fait du monde la peinture la plus dangereuse et la plus fausse, quelle *méchanceté* et quelle *envie!* car il est clair que, puisque cette femme fait elle-même des contes, elle ne critique ceux de Marmontel que par envie, etc. etc. etc. (1)

---

(1) D'où il s'ensuit que tout journaliste *auteur* est

Une femme auteur, qui seroit dominée par l'orgueil, par le désir d'obtenir de vains éloges, ne vivroit point dans la retraite; elle rassembleroit autour d'elle de beaux-esprits, elle s'assureroit par tous les moyens si connus quelques partisans parmi les journalistes, elle feroit des lectures de ses ouvrages; elle seroit active, agissante; elle attireroit chez elle beaucoup d'étrangers, elle entretiendroit un grand nombre de correspondances, elle cultiveroit avec soin des prôneurs. Dans ses ouvrages, elle parleroit sans cesse d'elle, sans aucun motif raisonnable; elle tâcheroit de ménager dans ses ouvrages tous les partis et toutes les opinions, elle n'auroit point de principes fixes. Souple à cet égard, elle auroit néanmoins un ton dogmatique et tranchant : ne voyant la gloire que dans le succès du moment, elle seroit incapable de l'admirer dans l'avenir. Il faut alors ne songer qu'à la mériter et savoir l'attendre. Cette femme auteur

---

envieux : dès qu'il a composé lui-même des ouvrages, toutes ses critiques sont dictées par l'envie ; il n'y a que les journalistes *stériles* qui puissent avoir de l'impartialité. Voilà la conclusion de ce raisonnement. Il y a cependant des journalistes de la *stérilité* la plus complète, dont l'impartialité n'est pas fort remarquable.

écriroit pendant vingt-cinq ans, sans pouvoir donner à son style une couleur originale et vraie, parce que, toujours entraînée par l'ambition d'enlever tous les suffrages, elle prendroit successivement toutes les teintes de mauvais goût qu'elle verroit à la mode ; on ne trouveroit d'invariable dans ses ouvrages que l'enflure, l'emphase et l'obscurité ; car c'est le désir continuel de briller qui produit les tours forcés, l'affectation et le galimatias.

Il me semble que ce n'est pas là mon portrait.

J'ignore si j'ai de l'esprit et des talens ; on ne peut à cet égard se juger soi-même, et je n'ai de prétention que dans les choses sur lesquelles il est impossible de se méprendre. Je sais (parce que ce sont des faits) que j'ai publié beaucoup d'ouvrages utiles à l'enfance et à la jeunesse. Je sais que j'ai composé des romans dont la morale est pure, uniforme, irréprochable ; je m'honore d'avoir suivi constamment, depuis que j'écris, la même route ; d'avoir, dans tous les temps montré les mêmes principes, avec une bonne foi qui ne s'est jamais démentie. Je m'enorgueillis d'être le premier auteur qui ait placé avec succès, dans des ouvrages d'imagination, des scènes véritablement religieuses, et dans un temps où cette nouveauté exposoit à tous les sarcasmes de l'impiété (1). Je m'applaudis encore d'avoir pu me préserver de la contagion du mauvais goût, et d'avoir contribué peut-être à en faire sentir le ridicule. Je hais le style entortillé, les manières ambiguës de s'exprimer, qui sont l'annonce presque certaine d'un caractère timide et lâche, et de principes équivoques. Je suis sûre d'écrire avec clarté, parce que je suis sûre de ma franchise: on exprime toujours nettement ce qu'on ne craint point de dire et ce qu'on est certain de ne jamais rétracter. Je suis sûre, enfin, de la pureté de mes intentions : voilà tout le mérite que me reconnois; il m'assure la place que j'ambitionne. J'ose dire qu'elle m'est due cette place honorable, acquise par tant de veilles et de travaux, et non par l'intrigue et les cabales. Je m'y trouve avec sécurité; ma conscience m'y préserve de toutes les inquiétudes de l'orgueil. Je sais que le public m'y maintiendra : il en peut donner de beaucoup plus éclatantes, mais celle qu'il daigne m'accorder me suffit.

J'ai tâché de donner à cette défense particulière l'intérêt général d'une discussion littéraire.

(1) Dans *Adèle et Théodore.*

Débarrassée de ce petit travail, je vais reprendre un ouvrage plus intéressant, et très-avancé, intitulé : *Observations sur la Biographie universelle*. Comme tous les journalistes sont collaborateurs de cet ouvrage, j'ai pensé que naturellement ils seroient gênés par la bienséance et par les liens d'une association publique, pour louer et pour critiquer franchement dans ce dictionnaire, ce qui sera digne de louange ou ce qui méritera d'être censuré. Un littérateur qu'on n'auroit point appelé pour concourir à cette entreprise, pourroit, en critiquant, être soupçonné de quelque dépit; une personne qu'on a bien voulu s'empresser d'y admettre, et qui s'en est retirée volontairement, ne sauroit être suspecte : je me trouve dans cette situation, ce qui m'a déterminée à me charger de ce travail qui ne demande que de l'impartialité, de la droiture, du bon sens, le goût de la bonne littérature et la connoissance un peu approfondie des langues et des littératures italienne et anglaise que j'ai étudiées toute ma vie : m'étant occupée aussi, quoiqu'avec moins de suite, de l'étude des langues allemande, espagnole et portugaise, je pourrai parler avec quelque connoissance de presque tous les autres littérateurs étrangers.

J'ai dans mes manuscrits beaucoup d'articles faits depuis long-temps sur les plus célèbres auteurs anglais et italiens : si par hasard je trouvois dans ma collection quelques articles qui me parussent préférables à ceux du dictionnaire sur les mêmes personnages, je les offrirois au public, afin de jeter un peu d'intérêt et de variété sur mes observations. Je donnerai, sous peu de jours, ma première brochure sur les deux volumes qui viennent de paroître ; et à chaque livraison de volumes de la *Biographie universelle*, je renouvellerai ce petit travail.

FIN.

DE L'IMPRIMERIE DE CELLOT.

## FEUILLETON DU JOURNAL DE L'EMPIRE.

*Mercredi 2 Octobre 1811.*

THÉATRE FRANÇAIS.

*Athalie*, *les Folies amoureuses.*

THÉATRE IMPÉRIAL DE L'OPÉRA-COMIQUE.

*La Servante Maîtresse*, *le Trente et Quarante*, *le Tableau Parlant.*

THÉATRE DE L'IMPÉRATRICE.

Aujourd'hui, *la Molinara* (la Meunière), opéra en deux actes.

THÉATRE DU VAUDEVILLE.

*Une Visite à Saint-Cyr*, *les Préventions*, *l'Appartement.*

THÉATRE DES VARIÉTÉS.

*M. Giraffe*, *le Ventriloque*, *l'Ogresse*, *Jocrisse Maître.*

THÉATRE DE LA GAÎTÉ.

*Riquet à la Houpe*, *le Faux ami*, *la Ville au Village.*

AMBIGU-COMIQUE.

*Les Francs Juges*, *Cœlina*

CIRQUE OLYMPIQUE.

Grands Exercices d'équitation dirigés par M. Franconi, suivis de *la Jeunesse de Duguesclin*, *la Fête Villageoise.*

---

M. Pierre continue ses *nouvelles pièces*, annoncées par les affiches.

---

Spectacle chez M. Olivier père, à sept heures et demie.

---

Le Panorama de Wagram sera fermé le 15 octobre.

---

CANAL DES DEUX MERS, *rue de Grenelle S. Honoré.* Prix 1 fr. Il sera démonté le 8 octobre.

## VARIETES.

*Examen critique* de l'ouvrage intitulé *Biographie Universelle*, etc. (1); par madame de Genlis.

(Premier Article.)

Cet *examen* très critique est précédé d'un *avertissement* portant ce second titre : *Ou ma* DERNIÈRE réponse au Feuilleton du *Journal de l'Empire*, signé T.

Pour détruire dans l'esprit de mes lecteurs tout soupçon de partialité sur le compte que je vais rendre de cette guerre de plume, je commence par déclarer que M. T. a eu tous les torts, que Mad. de Genlis a toujours eu raison, et qu'elle aura même raison dans la suite, si par hasard sa *dernière* réponse n'étoit pas la dernière. Il m'en coûte beaucoup de prendre parti contre un confrère, mais la logique serrée de Mad. de Genlis, et la *supériorité* bien reconnue des dames dans tout ce qu'elles font pour, avec ou contre nous, ne me permettent plus d'hésiter. L'auteur de *l'Influence des Femmes sur la littérature française* a suffisamment démontré qu'il y a au moins égalité de génie entre les femmes et les hommes, et que d'après l'éducation imparfaite des premières, rester égal, c'est être supérieur. Or, on ne peut trouver d'égal à Mad. de Genlis, que parmi les dames du mérite le plus éminent, si quelqu'une toutefois est digne de lui être comparée ; et, d'un autre côté, son éducation a dû être parfaite, puisqu'elle est elle-même professeur d'éducation : il est donc incontestable que Mad. de Genlis est supérieure à

---

(1) In-8°. Prix : 1 fr. 80 c., et 2 fr. 25 c. par la poste.
A Paris, chez Maradan, lib., rue des Grands-Augustins, n°. 9;
Et chez le Normant, rue de Seine, n°. 8, près le Pont des Arts.

son sexe, qui l'emporte sur le nôtre. Je demande maintenant quelle figure peut faire M. T. dans une lutte avec Mad. de Genlis ?

Mad. de Genlis accuse formellement M. T. de s'être permis envers elle des *personnalités odieuses*. J'ai revisé toutes les pièces du procès, et je trouve l'accusation fondée. M. T. a critiqué le dernier ouvrage de Mad. de Genlis ; il a osé dire qu'au lieu d'une dissertation méthodique sur une question littéraire et morale, on n'y trouve qu'une biographie chronologique ; il a eu la malice d'ajouter que la logique de Mad. de Genlis n'égale pas le mérite de son style, et que ses raisonnemens n'ont pas même l'honneur d'être des sophismes ; par pure méchanceté, et par envie, peut-être, il a contesté aux femmes leur supériorité en tout genre : certes voilà de graves personnalités. On sait qu'un auteur ne vit que de gloire, et ne vit que pour la gloire ; son génie, son talent, sa réputation littéraire sont toute sa personne : attaquer ses ouvrages c'est donc commettre une personnalité, et trouver des défauts à son esprit, c'est en trouver à son véritable caractère. M. T. a eu ces torts, je le confesse, et il y a mêlé un ton de plaisanterie calme, de raillerie raisonnée qui sentent la préméditation, et qui ne font point espérer d'amendement.

Mad. de Genlis, dont la vie depuis long-temps est toute spirituelle, sait de quelle importance les succès de l'esprit sont aux yeux d'un auteur ; elle se reprocheroit de blesser une partie si sensible, et quoique les personnalités de M. T. donnassent à son adversaire le droit de représailles, elle n'a point employé cette arme odieuse, et elle a cherché un autre moyen de terminer la guerre, sans faire la paix. Nulle part dans sa nouvelle brochure elle ne s'applique à prouver que M. T. manque d'esprit, de goût et de talent, ou du moins nulle part elle ne le prouve ; mais elle se contente de lui reprocher ingénument de la *haine*, du *dépit*, des *calomnies extravagantes*, un défaut *de politesse et d'équité*, *des indignités*, *de la mauvaise foi*, et quelques misères semblables qui, comme on sait, sont peu importantes pour un écrivain, et influent très peu sur sa réputation. Ce parallèle entre les procédés de Mad. de Genlis et ceux de M. T., fait apercevoir de quel côté sont les *injures personnelles*, et ici la supériorité reste encore aux dames comme dans tous les autres genres.

Je n'ai parlé jusqu'ici que de la partie raisonnée de l'*avertissement* ; il faut que je cite au moins un trait qui fasse juger du style et de l'esprit de la brochure. « M. T., dit Mad. de Genlis, *croit apparemment expier toutes ses injures en disant que j'écris avec élégance et pureté ; mais qu'en sait-il ?...* » Franchement, ce *qu'en sait-il* me paroît admirable ; peut-on dire plus de choses en moins de mots ? et que de mots sous-entendus dans les trois points qui suivent le point d'interrogation ! Le fameux *qu'il mourût* est la seule beauté que l'on puisse raisonnablement lui comparer : ils sont tous deux composés de trois syllabes, tous deux ils prêtent à un long commentaire, tous deux ils sont sublimes. Les dames ont encore ici l'avantage sur nous, car Corneille affoiblit son *qu'il mourût* en y ajoutant un grand vers ; mais Mad. de Genlis termine son alinéa par ce trait terrible, et se repose après avoir lancé la foudre.

Il ne sera donc plus question de M. T. ; Mad. de Genlis vient de lui répondre pour la dernière fois ; *elle termine*, dit-elle noblement, *une discussion qu'elle ne pourroit plus prolonger sans s'abaisser* : disons donc adieu à M. T. ; espérons qu'il ne se montrera plus, et passons à *l'examen critique de la* BIOGRAPHIE UNIVERSELLE.

Mad. de Genlis a fait une Biographie spéciale qu'elle a publiée comme un traité de *l'Influence des Femmes sur la littérature française* ; MM. Michaud sont éditeurs d'une Biographie universelle ; on dit que l'ouvrage de Mad. de Genlis devoit faire partie du grand ouvrage de MM. Michaud, et que des motifs bons ou mauvais ont séparé ce qui devoit être uni : maintenant il y a concurrence ; la supériorité d'esprit et de talent est sans contredit du côté de Mad. de Genlis, comme je me suis engagé à le déclarer ; mais l'autre biographie est infiniment plus complète, ce qui, aux yeux du vulgaire, pourroit faire pencher la balance du côté de MM. Michaud : il étoit donc utile et raisonnable d'attaquer la grande biographie pour faire prospérer la petite, comme les marchands de *géographies* ont très judicieusement critiqué l'excellente *géographie* de M. Malte-Brun. Je ne vois rien dans tout cela que de fort naturel, et si Mad. de Genlis a eu cette bonne intention (ce qui n'est cependant pas prouvé), on ne l'accusera certainement plus de manquer de logique.

Quoiqu'il en soit, elle critique la Biographie universelle, et ce n'est plus à un seul auteur qu'elle présente le combat, elle défie toute la phalange qui s'est rangée sous les drapeaux de MM. Michaud : nouvelle preuve de la supériorité des dames; le nombre ne les effraie pas; et nous qui faisons les braves, nous n'en dirions pas autant.

Le premier auteur qui tombe sous ses coups est.... Mais que vois-je? C'est lui, c'est lui-même... C'est M. Auger, que cette fois Mad. de Genlis ne nomme plus M. T.; mais d'où peut-il venir? On lui avoit dit un adieu éternel. Oh! pour cette fois au moins il est bien mort, et il ne... ; mais non, je le retrouve encore huit pages plus loin, et ce n'est pas tout, il apparoît de nouveau une quatrième-dernière fois, comme un fantôme importun dont Mad. de Genlis ne pourra se débarrasser que par le signe de croix ou l'eau bénite.

Les mauvais plaisans, les gens malintentionnés accuseront ici Mad. de Genlis de versatilité, d'inconséquence; mais ils ne savent pas combien la haine ressemble à l'amour : ces deux passions remplissent une ame toute entière, elles ont la même marche, les mêmes procédés, elles s'occupent d'un seul objet et s'en occupent sans cesse, font le projet de le quitter et y reviennent, ramenées par un attrait irrésistible. On a dit que l'amour est un *grand recommenceur*, on vient de voir que la haine ne lui cède rien à cet égard : l'amour enfin a plusieurs premières fois et la haine plusieurs dernières.

Cette triple réapparition de M. Auger dans l'esprit et dans la brochure de Mad. de Genlis, me rappelle la scène où Pyrrhus, bien décidé à oublier Andromaque, s'écrie :

> Trop de haine sépare Andromaque et Pyrrhus.

Son confident Phœnix lui dit avec beaucoup de bons sens :

> Commencez donc, Seigneur, à ne m'en parler plus.

Le roi d'Epire fait ici comme Mad. de Genlis; il réplique :

> Crois-tu, si je l'épouse (Hermione)
> Qu'Andromaque en son cœur n'en sera pas jalouse?

Et Phœnix répond ce que je répondrois à Mad. de Genlis :

> Quoi! toujours Andromaque occupe votre esprit?

Et le fils d'Achille se justifie par ce vers qui convient si bien à Mad. de Genlis :

> Non, je n'ai pas bien dit tout ce qu'il faut lui dire.

Le *je n'ai pas bien dit* seroit d'une naïveté charmante; mais qu'elle en convienne ou non, toujours est-il vrai que si ailleurs elle a surpassé Corneille, comme je l'ai démontré, elle nous offre ici une heureuse imitation de Racine.

Mais je m'aperçois que la contagion me gagne; voyez ce que peuvent les grands exemples! j'ai promis d'examiner l'*Examen critique*, et je n'ai presque parlé que de M. Auger. Bientôt, j'espère, je réparerai ce tort. Mad. de Genlis nous annonce qu'elle continuera son examen, et alors je détaillerai, d'après elle-même, les graves erreurs, les fautes énormes, les négligences impardonnables de MM. Ginguené, Suard, Delacroix, Michaud, et autres et autres; je prouverai que ce n'est point parce que Mad. de Genlis a fait une biographie féminine qu'elle critique la Biographie des deux sexes; sa justice, son impartialité repoussent ce soupçon, et je suis certain que quand même elle eût travaillé à l'ouvrage de MM. Michaud, elle eût encore critiqué les articles qu'elle n'auroit pas faits.

Quoi! va-t-on dire, cette dame a toujours raison? Pas une méprise, pas une petite erreur dans son *examen?* Il faut être juste; il n'est rien de parfait sous le soleil: j'ai remarqué une faute, mais si petite, mais si légère, que j'ai honte de la relever. Mad. de Genlis reproche à l'auteur de l'article *Assoucy* (mais c'est encore M. Auger) d'avoir dit *qu'on l'avoit condamné au feu pour un crime qui est en abomination parmi les femmes*. Cette phrase est toute entière dans le voyage de Chapelle et Bachaumont; mais il faut convenir que Mad. de Genlis est bien excusable de n'avoir pas lu un ouvrage aussi futile, et quelquefois de si mauvais ton; elle a donc pu bien innocemment attribuer à un auteur vivant la mauvaise plaisanterie d'un poète mort. Ce qui m'étonne un peu davantage c'est qu'elle s'écrie: *Et voilà tout ce que l'auteur dit de ce crime, il n'ajoute rien de plus.* Mad. de Genlis vouloit des détails...; sans doute la curiosité est bien pardonnable aux femmes, mais ici elle n'est pas naturelle.

L'espace me manque, et c'est dommage, car j'aurois encore de très bonnes choses à dire en faveur de *l'examen critique*. J'ai fait ce que j'ai pu pour accréditer cet ouvrage, et cependant je ne suis pas satisfait. Je crains que Mad. de Genlis ne dédaigne les éloges d'un homme obscur; et quand j'affirme, quand je soutiens qu'elle a toujours raison, si elle alloit dire: *Qu'en sait-il?* je serois forcé d'avouer que je n'en sais rien.

H.

ÉNIGME.

Mon nom, latin, français, est pourtant en usage
Parmi les partisans du plus poli langage:
Sans audace, et sans honte, étant devant les rois.
Je leur parle sans bouche, ils m'entendent sans voix.
Insensible au rebut, insensible à l'injure,
Si je suis mal reçu, jamais je ne murmure:
Mon père profitant de mes heureux succès,
Si je suis malheureux, s'afflige des mauvais.

*Par un Abonné.*

Le mot du dernier Logogriphe est *Zéro.*

*Iconographie ancienne*, ou Recueil des portraits authentiques des empereurs, rois et hommes illustres de l'antiquité, avec des notices historiques, chronologiques et critiques: ouvrage dédié à S. M. l'Empereur et Roi, par E. Q. Visconti, chevalier de l'Empire, membre de l'Institut impérial. Trois vol. in-4°. et un volume de planches in-fol. atlantique. Prix: 240 fr., cartonnés.

L'Iconographie grecque forme l'une des deux parties de l'Iconographie ancienne. L'auteur travaille à présent à l'Iconographie romaine

A Paris, chez l'Auteur, quai Malaquais, n°. 1;
Chez P. Didot, libraire, rue du pont de Lodi; n°. 6;
Chez Fantin, libraire, quai des Augustins, n°. 55;
Chez Treuttel et Würtz, libraires, rue de Lille, n°. 17.
Et chez le Normant, imprimeur-libraire, rue de Seine, n°. 8, près le pont des Arts.

www.ingramcontent.com/pod-product-compliance
Ingram Content Group UK Ltd.
Pitfield, Milton Keynes, MK11 3LW, UK
UKHW021230230726
13926UKWH00003B/1349